U0588724

素心集

素心集

刹那间

黄祁 著

上海文艺出版社

图书在版编目(CIP)数据

素心集：上下两册／黄祁著．—上海：上海文艺出版社，2021
ISBN 978-7-5321-8038-7

Ⅰ．①素… Ⅱ．①黄… Ⅲ．①散文集—中国—当代
Ⅳ．①I267

中国版本图书馆CIP数据核字(2021)第132742号

责任编辑　徐如麒
特约编辑　长　岛
装帧设计　长　岛

素心集
黄　祁　著
上海世纪出版集团
上海文艺出版社出版
200020　上海绍兴路74号
上海文艺出版社发行中心发行
200020　上海绍兴路50号　www.ewen.co
苏州市越洋印刷有限公司印刷
开本 787×1092　1/16　印张 32.5　插页 4　字数 208,000
2021年7月第1版　2021年7月第1次印刷
ISBN 978-7-5321-8038-7/I·6365　定价：118.00元(上、下册)

告读者　如发现本书有质量问题请与印刷厂质量科联系
T：0512-68180638

纪念素心堂主黄礽道源优婆夷

五十六载幻化身
受持妙法做学人
道源清净佛性现
灵麒一去脱世尘

吉祥沙门昭隆衍寿敬书

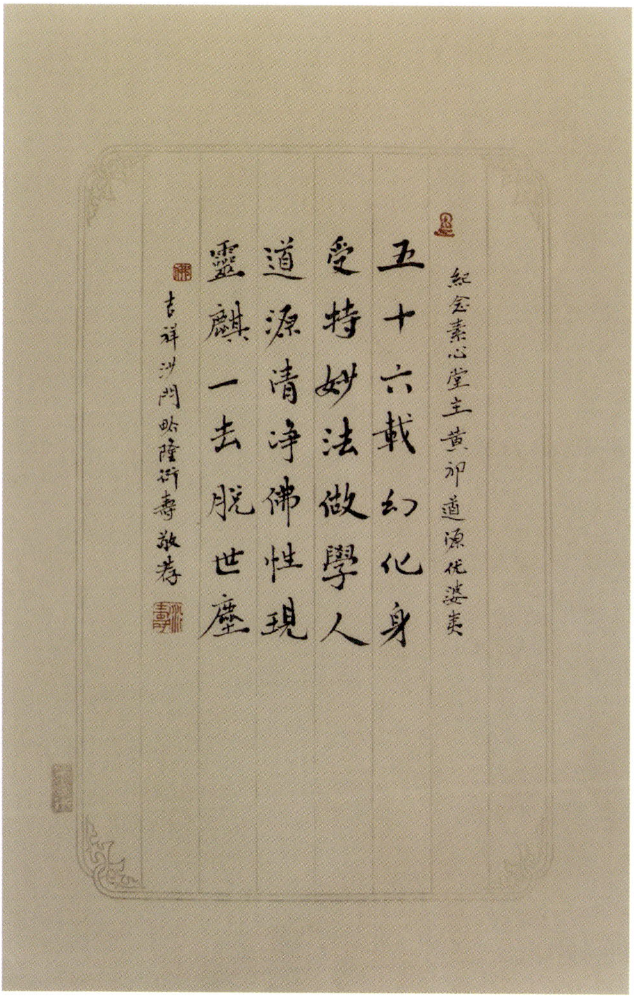

长兴县佛教协会会长
长兴县佛教文化研究会会长
界隆衍寿　题

目录

序：慧者之渡

张加强

要知了长兴的寺院，须借黄祁的智慧。道宣、金乔觉、石屋清珙、净端法师，药师道场、皇家寺院，真切的世界如同虚构。长兴的净界岁月铺满故事。

说好要再见的，却玩起了永别。二〇一八年初春的一天，我在寿圣寺面对一张忧郁的脸，那是我眼中最难忘的病态的黄祁。生命的脸面剩下寥寥几笔，虽然她热情覆盖了冷寞，但从对白走向独白，是迟早的事。她用一句『后会无期』作别。没几个月，黄祁带着她的情份遗产，去灵魂道上做了个无限的人。

尽管没有锁，还在尽力打造钥匙，是我诠释的寄思。世界留下的精辟不多了，寺院天井里的小荷，境界入禅。后院的水月观音脸呈不可触犯的美，四周连花草不致等闲。

加缪说，人只能带着裂痕生活。黄祁借裂痕褪去躯壳，留下轮廓，用以藏匿书卷气。在黄祁的世界里听梵音，看得清自己的智慧宝座，在晨诵的低语中把人生一并安放了。这才有诗云：请把我埋浅一点，可以闻到檀香。

曾经和黄祁聊『悟』，我信『顿悟』，生命靠气息转世。她念及『渐悟』，正念的效果和善法的增长需要多久，乔达摩自己说至少要七年。他后来告诫弟子：『就像海洋渐渐倾斜，渐渐消退，没有急转的坡度，见闻思修也是这样，无法顿悟究竟真理』。经典上说他在一个晚上得正觉而成佛，是信仰者的盲目。

一张身着禅服、撑着伞的黄祁的背影照片，是她留给这个世界的经典，这位温州女孩在陌生土地上布施人生，补了长风合十中的亏缺，有牵挂，却无退路。去了一个灵魂枯园，踽踽独行如一轮孤月，她呵护过的殿堂后院那片竹园冷香，连繁花杂草亦备绝不流俗的临风气度。

生命被尊重，世间才美好，回到她的纯真年代，我们一直生活在自以为傲的历史陈述中，却尽带无奈。一个凄美的背影悬在空中。长兴佛协与作协的挚友说，愿用三生的烟火，换你一瞬的微笑，愿这一滴泪，换你活力四射的身段。人们在同一天地中缅怀逝者，用好人的宿命为一个遥远的将来献上当下。

地下人不唱挽歌，通往天堂的路上，谁都会得到祝福。黄祁这张脸定格在二〇一八年三月二十二日。余晖里那道巍然不坠的元气一直在，永远不会将婉约风化为僵硬的古董。子夜过后，绵绵细雨在墓地飘起，不死的欲念，随雨而安。

人伦文化中，活着的人以祭祀的方式延续着精神的血脉，作最后的挽留。黄祁早早来到黄叶白云寒雨间的『青山荒冢』，诠释好人的宿命。淳明的天空下，侍奉远逝的亡灵，生死之间没有精神障碍，受难的阴影只在心灵小憩片刻便消逝了，千年古银杏变得彬彬有礼。

青草萋萋，心中留白，用白色手帕掸去逝者灵魂积满的黑尘。黑白世界显灵，静寂的世界里有一位真实的渡者。她眼里藏着整个春天。

浅绿缠绵清明雨，一年中最净美的时节。画面留黑还是留白，不重要。纸上祭奠，笔下墓园，挂着永远的春天部分，所以我们会在春天招魂。

作于二〇二一年清明

（作者系长兴县佛教文化研究会名誉会长）

台灯与稿纸

台灯的恋人不是桌子而是台灯下的稿纸。台灯和台灯下的稿纸构成的亲密关系是莫扎特月光小夜曲里两个邻近的音符。

灯光必须是淡黄色的，而不是时新的『节能灯』，那种亮白像把掏心的剑，带着杀气，把神秘都刺死在襁褓之中。有时候的阅读，不是被某本书感动，而是被当时读那本书时的意境所感动，一本好书是需要高贵的氛围来烘托的。像茨维塔耶娃，她那贵族般的脸必须生活在俄罗斯的『白银时代』，当革命的风暴来临时她就夭折了。

我拒绝一切顶灯，顶灯带着君临的目光，劈出铿锵有力的四壁，给灯光下的人打造出坚硬的限制。而夜晚的阅读，我们应该闭上物质的眼睛，用第N只眼睛看自己，某个字会打开多年前的生活，某个词会把未来拉到眼前，在顶灯下所有的想象，没走两步就被冰冷的墙挡住了。比如我此时正在读村上春树的《远方的大鼓声》：『我凝视窗外的黑暗：街灯行列沿着台伯河缓缓地弯曲蜿蜒，直到远方。偶尔有车灯一面画出弧线一面消失而去。听不见任何声音。非常安静，而且远方一片黑暗……在这样静静的黎明时刻，该听什么音乐呢？沉默中我一动不动地让身体沉静着……』这样的阅读，这样的文字，如果放在亮丽的顶灯下，它们会像一只飞得太快的小昆虫时刻面临着灭顶之灾，飞得太快就意味着危险，冷不丁就一头撞死在不远处的墙壁上。

顶灯的光是强硬的，像暴力的政权；而台灯光线却是温馨的，使冰冷的空间暖意满怀。

台灯只照亮眼前的一点，像是省略号最前面的那一个点，没有边缘，无数个小点都隐藏在阴影里，小心翼翼地踏着它们的足迹，就可以深入到地心，或者到达另一条地平线。所以台灯不仅是用来照明的，而且还是用来营造意境的，因此它带着贵族服饰中蕾丝的气息，在粗俗的生活中呈现出幻觉般高贵与奢侈。

还记得以前电压时常不稳，书桌上的台灯发出赭黄色的光，随着不稳的电压，它便时亮时昏，像有一只神秘的手控制着它的呼吸，灯光下的白纸也就在这明暗之间跳动，像阿拉伯神话里的『飞毯』。我总认为：明亮时『飞毯』在空中；昏暗时『飞毯』刚好停下来。

白色的稿纸在柔和的灯光下像块温润的玉，梦想就睡眠在那些细微而曲折的纹理中。乳白色的灯光下，梦想总是在飞，它们快乐着、欢笑着，也有泪沾绢巾被哭醒的时候，那是飞毯偏离了重心，坠落在荒郊的岩石上，梦想也成了一地碎瓷片，滴着锋利的眼泪。

文字是绚丽的花朵图案，开放在稿纸上。有一天我觉得内心有无数只鼓翼待飞的鸟，它们叽叽喳喳地在我的每一条血管里飞着，我有话要讲述。于是我像个刚学会走路的孩子，用趔趔趄趄的小脚印写下第一行字：我想给自己报幕。于是文字在白色的稿纸上借着柔和的灯光像一条地下河似的潺潺流淌。

夜晚不是睡眠的空间，有时我不明白，夜那么长，真的有那么多觉需要从黑到明的长睡吗？为什么我的思绪都是在夜里长出翅膀？如果没有暖暖的台灯和白白的稿纸，我的思绪如何飞出身体，又如何返回？有一个冬夜，外婆讲过的那些在老家所亲见亲历的神秘故事在眼前闪现，于是我讲给稿纸听，想着关于灵魂、轮回、命运、时光的大神秘，在台灯的柔和里，声音光天化日般清晰，稿纸听得落了满地的泪；有一段时间，现实太狭窄了，我读蒲松龄那些狐狸精的故事，蒲松龄那魑魅的『场』影响着我，使我浑身充满了鬼精灵怪的巫性。那一夜我在灯下纸上说话到天亮，好像自己就身处蒲松龄的故居，隐隐听到远处柴门内的鸡鸣叫了，似乎真有探家的女鬼——美丽的狐女幽幽怨怨地离开红烛下的爱情匆匆奔赴冰凉的荒冢，她手提灯笼，白衣和黑发飘逸。那一刻我正被身处荒郊野外的感觉所淹没，一种巨大的静把身边任何东西都吞噬殆尽，唯独剩下餐厅的挂钟，咔嗒咔嗒地响着，这声音并不代表时间，而是提醒我——我已远离我存在的这个空间。一夜的时光就着台灯汩汩流淌在稿纸上。长夜里如果没有台灯和稿纸，那将会一个怎样的长夜？我会像夜蝙蝠找不到倒挂的树枝那样坠地死去。

书桌与书橱

书桌是我栖身的地方，我生活的广度与深度在书桌木质纹理间展开，它们像条条神秘的隧道，通向太平洋某座秀丽的小岛，我串起一条贝壳项链戴在胸前，捧本书在夕阳如血的海滩上漫步；或者通向几百年前的一个下午，我和一个探险家坐在一张虎皮上喝着浓烈的酒，旁边摆满了非洲原始部落怪异的图腾，还没等探险家的故事讲完，我已经酩酊大醉了，手持盾牌翩翩起舞……

一个画家说：每张桌子都是一幅风景。不，书桌是另一个世界。我们的生活在公历里按部就班地摆开，时间被纪元分得条块清晰，像某个行业的规章制度，每分每秒都被那些阿拉伯数字统领着；书桌上的生活是时间另一种立法。它用更丰富、细致，更美丽、柔和的语言，讲述着时间和生活之间的天然关系——惊蛰，谷雨，立春，清明，夏至……

书桌是让生活和历史在语言里展开的地方：每个抽屉里都有一个王朝讲着阴谋、复仇、争宠的故事；每条缝隙里都站着一位智者，或闭目养神或不停地叮咛着：一个人不可能踏进同一条河；高更就站在最边上的那条小缝里，用画笔问着：我们是谁？我们从哪里来？我们要到哪里去？……人类智慧的声音让静默的书桌，拥有一种力量——挣脱太阳吸引的力量，颠覆山水的力量，于是书桌上有别样的四季，风更敏锐，月更梦幻，水更缠绵，石更温柔，土更湿润，草更鲜活……

我从小缺钙、贫血，又世逢荒年，没有太多的粮食供头发和骨骼发育，可是我幻想自己能有一副态度鲜明的骨骼，飘逸的长发，于是端坐在书桌前吃书，一串串文字像各种维生素，摆放在书桌上，这一碟治我的饥渴，那一碟治我的疲乏，还有更多的是治我的大脑空白与虚弱。

晚饭后的时间，邻居们散步的声音纷纷从窗外溜进书房，而我浑身散发着毛豆、花生的香气——植物的气息，蜷缩在书桌前，书们氤氲在暖光暖香里，像一群静等着催眠曲的蚕宝宝，于是我轻轻地哼唱童年的歌谣。我读书不是想哄它们入睡，而是想穿过它们迷宫一样神秘的身体，抵达丝的核心——光辉的核心。读着读着，我就进入一种忘却的状态。

我总不停地把书从书橱搬到书桌上来，又不停地把它们搬回去，像那个推着石头上山的西西弗，不停止就是宿命。如果说阅读是我的生活方式，那么我的生活是在书桌上展开，在书橱里等待。书橱是书睡觉的地方。醒着的书纷纷跳上书桌，它们在书桌上弹奏着不同旋律的音乐，使我的日常生活抑扬顿挫。书橱里的书在睡觉。一本本书静静壁立或者平躺着，纵横交错的像是神秘的十字架，打着拯救的手势。它们静静地等候着，像地窖里的酒，等候的过程也是酝酿醇香的过程。有些书自己会长大，在我不知晓时它已经在时间里长大，终于有一天当我打开书橱时，它就『嗵』的一声跳了下来，这本书『醒』了！它总是能在恰当的时候，醒在我的心情里。有点像欧洲对葡萄酒谈论的话语：一瓶年数长久的葡萄酒，被主人记起，它就从地窖里走出，从地窖到宴会厅的路程被称为『醒酒』。所以书橱非常重要，睡在里面的书几乎意味着一种暗喻，命运的暗喻，像神的眼睛，它闭着并不能说明它对我的生活视而不见，而是还没有到睁开的时候。

比如《必要的丧失》。我都不记得自己在什么时候，什么地方买下美国作家维尔斯特写的这本《必要的丧失》。只记得那天在一个很大的图书超市里闲逛，是『丧失』这个词吸引了我，我几乎没有看书的内容，就从架子上取下这本书。但是那段时间我在另一条小路上欢快地奔走，『丧失』对我来说还不是问题，但直觉告诉我：会在某个生活的十字路口撞上『丧失』的身影。《必要的丧失》在我的书橱里沉睡了多年，好像执著的命运一刻都没有闭上它那第三只眼睛。当我在一场激情中死亡时，我遭遇了『丧失』的提问。没有伤感和悲哀，只是不断地迷失。我打开书橱，《必要的丧失》发出一声叹息，宛如细小的杵，撞响满天的钟。于是，它在我的书桌上醒来，并伴我走出迷茫。

书桌和书橱，它们配合默契。让书中的灵魂不断地沉睡、生长和苏醒。

书

书必须独立地写它，书处在金字塔的顶端，让它与任何东西为伴，都是在犯错误。上帝总是说：人人平等。其实不然，在上帝面前人人是不平等的，不仅不平等，而且像君主制那样等级分明，如果说一定有平等的意义，那么就是人人必须接受命运的安排。书拥有特权，它在金字塔的顶端，书是贵族。

书，是我的精神级梯，我所有的上升都来自书的光辉。它让我踏上价值和精神的石阶，直趋形而上的世界；没有它，我只能是现实中的一只小青蛙，即使能发出一点声音，也是令人厌恶的恬噪。

书是一个空间，是我们肉眼看不见的空间，一座原始森林。它提供涉足者食物、氧气、阳光和水分，以及睡眠的姿势、梦想的背景，还有他成长的土壤、散步时的小径。

我的一个朋友说：介绍一个人的成长，代表一个时代。那么读一本书，是经历一个灵魂的诞生与成长。书的世界，是复合的灵魂世界。上帝也是书创造成的，难道不是吗？《圣经》创造成了上帝，《圣经》创造了整个基督世界。

每天我都有会打开一本书，然后阅读。日常生活不时地闯进来，洗衣机的蜂鸣声、电话的铃声，或者对一个人的思念都会把我从这本书的文字中拉出来。于是这些书被我一次次地打开，又一次次地合上。有些书在被我合上的瞬间，它的讲述『咔嚓』一声就断了，我很快忘了它。就像一场平庸的音乐会，当最后的音符在空中消失后，我的记忆也随之逝去。而有些书却是另一种命运，我一旦打开，它的文字就获得了新生，（我们血型相符！）通过我的视线进入身体，像血液一样终日不息地在我的身体里流淌，并长成我的头发和骨骼。这本书的每一页，都有一扇打开的窗，它们朝向清晨，朝向雨水，朝向原野！每扇窗口都有一颗痛苦而又秘密的灵魂在观望，此刻它注视着我。

痛苦的灵魂是深邃的灵魂，深邃的灵魂像幽谷。我在读陀思妥耶夫斯基时，望不见他那黑暗的底部，却又同时感受到从谷底升起来的温暖的雾气。陀氏他真诚，真诚的灵魂是高贵。这些痛苦而又暗哑的灵魂，一代又一代顽强地保持着它的高贵、完整的内质，叫我感动得流泪。多年来，我一直默默地注视着那些巨大的灵魂，以致几乎忘却了外面的世界和自身的存在——那是何等奇异的灵魂啊！关照一个伟大的灵魂，你会在迷茫的人群中分辨出可以依靠的肩膀。灵魂的感通给人温热，给人濡润，使人在孤独和荒凉中无畏地成长。灵魂一旦相通，就无法回避那人性的无言的呼喊与倾诉。我的心灵是脆弱的，需要人类伟大灵魂的援助。只要像茨威格和其他天才们的名字和故事还在我的书房里，他们就能援助我；不管明天的时间隧道中横亘着多少莽原荒丘，只要他们留在文字里的灵魂还在我的书房，我人生之旅也就有可能超越沉沦。

我喜欢忧郁的人，一如喜欢孤独者。孤独者只身应对来自庞大的实体或者虚无的挑战，所以是勇敢的。虽然他们的忧郁是无奈的，哈代、黑塞、契诃夫一生都在诉说着忧郁，他们赤裸的灵魂站在字里行间，他们的背景、身世遭遇都非常瑰丽、丰盛，他们有足够的力量与智慧修补我的心、完善我的心。我知道这样阅读灵魂，在物质世界里是没有希望的。本雅明说：『只有为了那些没有希望的事情，我们才获得希望。』都说女人会用爱情来拯救自己的生活，我一直用这些字里行间的灵魂来拯救自己，从而我获得了苏格拉底的爱。

我的目光常常扫过书架，那些不会腐坏的实体——书本，都像森林里的眼睛，静静地看着我。我知道我的目光是微乎其微的，既不能打扰它们，也不能损坏它们。相反，我是瞬间即逝的，我是被它们注视的众多中的一个，它们从主人心灵深处走来，它们从时间的长河中走来，目睹了多少灵魂的沉沦和自救，我很快将会被它们从人群中抹去。就像我关掉台灯离开书房一样式。黑暗中的书架虽然会融入墙壁，而书中的灵魂却永远独自在那里闪闪发光。

我曾很羡慕的职业是穿上一身蓝布大褂，灰扑扑地无声地行走在古旧的书橱甬道之间，用自己的手抚摸那一张张无面孔的孩子的脸——《德伯家的苔丝》《洛丽塔》《局外人》……直到有一天死在那儿，那么连我的游魂也氤氲着古章典籍的暗香，或者就地托生成一本静默无言的书。现在我真把自己一生的美丽都留在无声的图书馆里：美就是承认在图书馆庞大的字里行间，穿行着时间象形文字般窸窸窣窣的一生，用丝绸的皱褶消逝的一生。

书改变着我，就像季节改变着气候一样。我读书之时，正是书融化我之日，然后重新整合一个别样的我，书是我另一个母亲。狄金森在谈到书时，写下：『没有一艘船能像一本书，／也没有一匹骏马，能像／一页跳跃的诗行，／把人带到远方——／这渠道穷人也能走，／不必为通行税伤神——／这是何等节俭的车，／承载着人的灵魂！』

书是开放在手中的花朵，书是开放在时间里的花朵，书是开放在生活里的花朵。吹灭读书灯，一身都是月！

女性物语·中国蓝

中国蓝是从《诗经》里诞生的。《诗经》说『终朝采蓝』，一份朝雾中青青的蓝，从远古一路走来，染溽出一代代女人的洁净与平淡，染溽出一份永远的朴素和风骨。这是怎样的一种蓝？是明清细花瓷器上的那种靛蓝。不管色彩学上如何称呼它，我依然喜欢这个美丽的名字——中国蓝：深沉、宁静，却不纤弱，在它厚重的彩色里含蕴了一份清新淡远、甚至是柔韧的坚持。

朋友说是：『江南的外表下俄罗斯的内心』，我想她说的就是这种颜色——中国蓝。中国蓝是女人的颜色，男人可以穿许多亮丽的彩色，甚至于大红大绿，他们唯独不可以穿中国蓝。男人是泥做的，永远有一股说不清道不明的浊气。中国蓝是至清的，它含蓄不张扬，几乎是从容的典范，凝静与超逸；无论什么样的光投在它身上，反射出来总是淡淡的甜美中含一丝远远的忧郁与优雅。它几千年来端坐在过去与未来的云头，看人间流光溢彩，保持着红尘外的身姿——寺院的身姿。

那一片荡涤我心的中国蓝，是我到江南一古镇时看见的，它们把沉睡在我身体里的蓝色情结唤醒。整整一屋子的蓝！一屋子沉静的蓝衣蓝裤、蓝印花布长裙，在六月梅季的空气里，象一只灵空的手撩开阴霾，吹出一阵多汁的风。那整整一屋子的蓝，从江南雨巷的迷蒙中款款走来，清洁得像雨后的一支春笋。这种用蓝靛草汁液潺染出来的蓝，几乎秉承了植物的特质，具有天生的平淡、舒长、无言却不脆的风骨。不争艳也不抢眼，线装书似的暗哑，中国蓝就以暗哑坚持着自己的色彩，内敛、温静与和蔼。

店主是一位白皙的大男孩，他用腼腆的声音说：『选一件吧，这是最纯正的中国蓝。』

中国蓝？我笑了。这种蓝，熟稔得如同藏在内心的某种不能忘怀的记忆。它们似乎曾千百次出现在我的阅读里，想象中，像是充满某种意义的召唤，从来没有临近过我，却又从没离开过，就这么命运般地隐在我的日常生活中，把我一点点导向一个清洁世界。

让它呈现意义的是姑姑。姑姑是一个标准的大家闺秀，受过很好的教育，说明了我祖父是个很开明的乡儒。姑姑怎么求学、怎么恋爱我都不清楚，等到我长大了，父亲只对我说：姑父牺牲在抗美援朝战场上，而父亲幸运地从战场上回来。父亲还说：具有诗人气质的姑姑和行武出身的姑父并不和谐。

姑姑是姑父牺牲后才回到家乡平阳的，从此她孑然一身在日子里慢慢地老去。我小时候姑姑常常会到我家住上几天，她总是穿着蓝或蓝白印花衣服，那种城市里很少见的蓝，我和姐姐称之为『平阳布』。很多年后我才知道：姑父牺牲后姑姑就没有脱下这些蓝色或蓝白印花衣服，这种蓝衣她几乎穿了一辈子。我从没有机会问过她——小时候我不懂，长大后我不敢问——为什么只穿蓝服。我只是不停地想象姑姑那蓝色背影，想象着那些蓝色岁月里的点点滴滴不被别人看见的细节。姑夫牺牲时姑姑才只有二十几岁，虽然不漂亮也不婀娜，虽然她一直生活在那乡间老屋里，可她有着那个时代少见的知识女性的风韵，挺拔的背脊一年四季都不曾臃肿过。那场并不幸福的婚姻是不是给她太多的思考？在很多很多个需要关爱和温暖的夜晚，她选择独行。不要求爱，而让蓝色作为自己一生的背景，在这样的蓝色里她心如止水，平静、平淡地守着无望的日子，守过了果子成熟的季节，守成了满脸的沧桑和皱纹，也守成了女人完完整整的一生。属于她的美好和斑斓，她的凝目，她的叹息，她的期盼，都在遮盖她的一抹蓝里，定格成一幅滴着蓝色眼泪或者蓝色智慧的画。多年后我读古波斯诗人菲尔多西的《王书》，当达赫米娜惊悉爱子苏赫拉布被其父亲鲁斯塔姆误杀后，她哀哭悲泣：『我灵魂，我不眠的目光上哪里去问！』她给自己『披上蓝色素衣』。（菲尔多西）

有一次我随父亲到平阳看姑姑。下午的老屋子里安静得连尘埃都放轻了脚步，我不知道那些堂兄堂姐都到哪儿去。姑姑正在写字，一套白底蓝花的细瓷文具，精细又精致，桌子上几张宣纸，非常娟秀的小楷竖排着，姑姑依然身穿蓝衣。也许有了蓝白细瓷和纤纤小楷的加入，那天在我懵懂的心里牢牢地烙下一个记印：姑姑特别洁净。是的，比干净更干净，几乎是纤尘不染。

现在姑姑已经过世，我渐渐地懂了姑姑蓝色身影的意义。蓝色是逃离了纷繁的颜色，是逃离欲望的颜色。姑姑在蓝色里既拒绝世俗对她的欲望也拒绝了自己的欲望。躲在中国蓝里的女人，是不再做红尘梦的女人。

那个夏天在那一屋子蓝里，我选择一只小小的包却没有买一件蓝衣裙，不敢把蓝衣带回家。有一句电影台词：『她太干净了，而我们却落满尘埃。』

蓝色布包至今还挂在书房里，一枚蓝色彩蛋套在带子上，风一吹，彩蛋碰着书橱的玻璃叮叮作响，我就会忍不住地回头看看，就会想起姑姑的洁净。在这个尘世里我没能像姑姑那样走得轻盈和飘逸，但这蓝色帮助我抵挡了红尘里的许多痛。常常在某个凌晨的天空下，我会想起姑姑蓝色的背影，想起那一屋子中国蓝。

日常表情·单纯

秋雨淅淅沥沥地下着，把院中紫藤、蔷薇、桂树上的小鸟都赶到窗台或屋檐下。

书房窗檐上，来来去去的停了好几只小麻雀，它们轻巧的嘴哔剥着羽毛，这无端地让我想起春天采茶姑娘的手——灵动、飞快，它们有着异曲同工的情致；纤细的脚不停地跳动着，好像唯这样才能让圆球似的小身子悬浮在空气里，又在不经意间透出欢快与喜悦的心声。

我与小鸟只相隔了几十公分。一只小鸟瞪着一双小小的圆眼睛盯着我，我敲打键盘的手不由自主地停了下来，真的怕吓着它那小小的胆。小麻雀非常可爱，我几乎能听到那圆眼睛咕噜咕噜转动的声响，充满好奇与惊讶，好像满世界都充满了新奇的声音与物像，它如果不这么飞快地转动着眼珠，就会错过无比美妙的一刻——接收物像里的声光色影，好像就是它们一生的任务。它们为此而来。

这是一双单纯的眼睛。没有丝毫的阴影，清澈见底。宛如天池里的一枚透明玛瑙。

小鸟们单纯地看着。没有幽怨，没有沉痛；也没有割舍和贪婪，一切都是如此的天心地意，只是看着自然造物手起手落的图景：一声响动，一阵风微；一片叶子的颤抖、一个阴影的飘移，它毫无设防地看着，宛如一枚尚未历经酷暑的新叶，天真可爱地面向太阳，婴儿般恬然地安睡。这是一种多么单纯的『看』！我真想让它永远对着我，就这么一直被它看着。那清澈见底的震颤会无声地流向我，滤去潜伏在内心深处的杂质。可是我轻微的衣服摩擦声，让小鸟马上对我失去了兴趣，『啾』的一声飞到远处紫藤的叶子下……隔着纱窗我已无法看到它那双水底玛瑙般的圆眼睛，可是它依然转动在我眼前。

小鸟们单纯地活着。窗外的雨越下越大，几点大胆的水珠就着风势飘进书房，我拉上窗户，把雨关在外面，风敲在窗玻璃上的声音，极像小鸟羽毛的摩擦声，更像几枚暗器嵌入窗棂。大雨中小鸟们并不见怪于我关窗的不友好举动，它们纷纷躲到桂花树的浓荫里，高一声低一声地鸣叫着，更多的是叽叽咕咕的吟唱，像小孩临睡着的呢喃；隔着重重叠叠的树枝，我看到小鸟们团成一团，把头藏在翅膀下，身子上羽毛膨松开来，就着树叶的庇护在秋雨的缝隙里晾干潮湿的羽毛，神闲气定的神色，宛如这阴冷的秋雨形同明亮的秋阳。

小鸟就这么单纯地生活着。下雨了，躲在树叶下梳理被雨水打湿的羽毛；雨停了，就到处找食或者相爱；天冷了，它们并不哭泣，亲密地相互摩擦着小小的脑袋用来取暖，好像还蛮感谢这冰冷的空气让它们有了相拥的机会。夜深时我偶能听到它们交颈安眠的低语，一声温情的梦话，马上会有另一只小鸟低低地回应……

我怔怔地坐着，以自身惯有的心智想着雨中的小鸟：不知道它的窝建在哪里，旁边那只小鸟是它的亲爱的伴侣吗？……人类真是思虑太多了，如负重的行路人，永无轻盈的一天。我们没有小鸟的单纯，也就失去了小鸟纯净的快乐。

我想到这一个词：单纯。单纯拥有植物之美。单纯是心灵回归草原的隧道。单纯是时间里的二十四气节，立春、雨水、惊蛰……顺着那条自然法则轻轻地走来又轻轻地走远；单纯是院落里一只古老的水缸，童年趴在上面，用手点一下清冽的水面，水波无声地漾开，然后渐渐地复归明净，映出一张圆圆的、散发着奶香的脸，突然他笑了：为自己最终没有弄破这枚水做的镜子而开怀。

现在我越来越喜欢单纯的东西：一只朴质的陶器，只散发出泥土的温静与釉的温润，在午后的阳光里，静静地等待着一次满月的映照；一幅画或者一支曲子，只表达内心纯净的快乐与忧伤——快乐是因为听到生命里最温馨的歌：关爱、抚慰、相携、想念、怜悯、善良；而忧伤是因为孤独、分别、脆弱、消隐，时间的流逝、美好心灵的沉沦。比如一支萨克斯管的吹奏，表达失去亲人的哀伤；小提琴和着钢琴舒缓地演绎出夜晚的思念……也喜欢看单纯的电影：——单纯的结构，单纯的人物，讲述单纯的感情。看过一位韩国导演的影片，片子的画面非常干净，人物对话也极少，一个眼神往往定格长时间，直到感动溢满眼眶。人物总是在静静地交流着情感，镜头慢慢地推开，让画面中的情节越来越小，好像不断地在往某个深处走去。一个爱情故事。里面有一个动人的细节：女孩子的手常被纸边划破而流血不止，男孩说：『快把手举到头顶，慢慢地晃着血就会止住的，这是我姥姥告诉我的。』于是每当女孩子划破手时，他总是要她举起双手，在头顶轻轻地晃着。后为由于生活与现实，他们知道不可能有一个港口供这场爱情停泊，女孩走了，男孩被伤痛击倒，他一个人到山里录『天籁』（以前总是和女孩一起去的）——大自然的声音，慢慢地他学会了一个人听『天籁』。特别单纯的讲述：蓝天、麦田；乡间小路，一个人的背影安静地走去，又走来，几乎没有戏剧的因素在起伏或波动，只一个单纯的镜头讲述着单纯的内心生活。影片定格在一个单纯的画面里：有一天，女孩在办公室里又一次被纸边割破了手，她不假思索地举起了双手，在头顶轻柔地晃着，晃着，她的身体渐渐地透明了，像一湖水，泪流满面，一切都在无声之中慢慢地推进，然后延续，最后我才知道这是一部爱情伤逝的故事——《春逝》。导演用特别单纯的手法讲述着生活里喜悦与忧伤，没有宣染，干干净净地阐述人情感上的美好与脆弱，追求与怯懦，讲述着人性中的颤抖——像受伤的翅膀，它们往往发生在夜里，在心的深处，那一种内碎的震颤——纯粹的情感，没有赢利声上的冲突，没有家族秘密的血腥史。只在简单的故事里，承载着深沉的人文精神。就像那个女孩子『举手』的细节，爱的易逝与永恒全在那不经意的手指间呈现。令人感慨的画面：那种缓慢的推进，比声音更具有画外声的效果——眼泪慢慢地溢出女孩子的眼眶，她的手依然举在头顶，只是晃得更慢了……

我坚持着一个『谬论』，单纯与否比宏大与否更高贵与真实。所以我不喜欢历史题材的东西，我们一生的经历更多意义上是细小的经历，都不是什么『历史使命』『社会责任』意义上的问题，无法用『气势恢宏』来演绎。狄金森说：『如果能帮助一只晕厥的知更鸟/重新回到巢中/我就不虚此生』，就这么单纯，一切繁文缛节都是幻相在我们沉睡时加载在生命之树上沉重的钟，它们高高低低地在风中摇晃着，四野里终日撞击着叮当作响，阻碍着我们聆听宁静，聆听心域深处的声音。

个体生命的本质蕴含在单纯里。这是不是在给自己的生活寻找理由？好像有这个嫌疑。我不知道《辞海》是怎么解释这一单纯的，我的解释是：简单，纯粹；它的近意词是：真实。它是贴着生命源头那片森林生长出的一片叶子，祖母绿般温婉。

日常表情·疼痛

『疼痛/穿透我　一滴/又一滴』（萨福语）。古希腊女诗人声音穿过漫长的时间隧道，一语揭开隐藏在日常生活背后的表情。诗句里传达出的疼痛是这样的隐秘，像是夜间屋外墙角处的一只没拧紧的水笼头，无法停息地滴着，无穷无尽，无人知晓。

有一天，堆积如山的日子中毫无别样的一天，我端着一杯茶站在阳台上，好像在观看这座小镇在干什么？明亮的初夏阳光，抚摸着尚未经历酷暑的新叶，它们露出婴儿般不设防的、娇柔宁静的脸；风从阳光的缝隙里穿过，挽起树枝的影子，瞬间就舞进水的深处；有个女孩露着她青春的背穿过阳光，走进街树的阴影里，倏时路边的广告牌黯然失色；桥堍旁站着一个无所事事的老太太，目光呆滞地看着潺潺流动的、浑浊的河水……他们各不相关，可是我分明看到他们被一双无形的手牵着，有着一种令我流泪的关联，像枝头的果子，被泥土下的根须亲密地连接在一起。可是巨大的声音屏蔽着他们，他们漠然地在虚幻的匣子里游移。

疼痛就在那一刻产生的。它像软体动物的触须慢慢地爬上我的身体，并在我的体内一点一点昂起它的头，像条复苏的蛇。

『我有过阵阵奇怪的悲痛。什么事落到我身上？』华兹华斯这样问自己。

生命里有什么？在这座森林里肯定潜伏着怎样的通向深处的小路？多少人吹着口哨，梦游般地悠然而过，没有回头看看自己起始的脚印落在哪一片沙滩上？他们没有看见，或者他们视而不见！从生到死，完成一个被电脑设计好的程序。

当我走过这片丛林的时候，被一颗小石头绊倒了——那是一本书或者是一种声音，也许是一个字，骤然间覆盖在眼前的画黯然失色、在风中退成空洞。我睁开眼睛站在林中的小径上，努力想看清黑黪黪的丛林里还有什么秘密？一只小鸟孤单地掠过浓密的树荫，它那惊慌失措的样子，告诉我丛林里潜伏着某种危险；风从遥远的原野上吹来，带着花香与小鹿的脚印；月光从树叶的缝隙间洒下，像银笛的音符，它们是如何静静地在我们的血液里流淌。丛林里还有什么？也许追问本身就是危险，一个凡人想去破译上帝的密码——思考个体生命，反醒来世的缘由，疼痛就不可避免了。

从此疼痛就再也没有离开过我，不管我怎样地逃避和抗拒，疼痛游击战般地袭击着我。无论我醒着或者睡着，肉体与意识处在忘却状态时，它会用缓慢而又坚硬的手，紧一下我心中的那根稍许松弛的弦，疼痛便悠扬起来。我感到了疼痛，却无法表达这疼痛的轮廓，但我知道它在！它甚至有力量迫使我倾心尽力地聆听它的足音。

这疼痛是语言以外的事物（凡高用他独特的蓝与火红来表达），维特根斯坦挑了两个句子：『一瞬间我感到了剧疼』和『一瞬间我感到了深深的悲伤』。这是一种拒绝被言说的疼痛，一旦我试图对别人表达它时，它就不在表达之处，它总是在它不在的地方！疼痛在我的体内不断地转移着，我无法把它们固定下，它在语言之内，语言却无法囚禁它，它在语言之间游离，语言在这里失去它的命名权。

维特根斯坦还说：『我变成了石头，而疼痛仍在继续。』当我读到这句话时，我不得不停止我的寻找。『疼痛』来自终极命题，这是一个『极限』，一个『超然的存在』，我们无法跨越。从上古到维特根斯坦，从维特根斯坦到将来……《圣经》开篇：『起初，神创造天地。地是虚空混沌，渊是黑暗。』为什么创世？我在人们的视线以外，倾听疼痛在我体内无休止的足音。疼痛，是一种和我们生命深刻相关的东西，它引向对我们自身的考察。想起看一部电影玛莉娜·德·凡的《切肤》，《切肤》里的艾瑟在一次意外事故中手臂失去了知觉。她愈合后选择自食，那是未经任何医学处理的自觉行为，是对身体的一场『自我探索』，也是导演玛莉娜·德·凡的追问：我通过我的身体存在于世，并和外界发生联系，但如果我的身体不再是我的，那我是什么？最后艾瑟并没有获得自救，她的疼痛整夜尖叫着，游荡在我们之间。

疼痛一直是无声的，我总想把它表达出来，所以我整夜整夜不停地对自己说着，说着，是否在我的低语中让疼痛显出一丝端倪？我想起保罗·策兰的诗：『带上一把可变的钥匙/你打开房子，在那里留下来的/未说出来的、吹积成堆的雪中。你总是在挑选着钥匙/靠着这奔突的血从你的眼/你的嘴或你的耳朵。你变换着钥匙，你变换着词/一种随着飞雪的自由漂流/而什么样的雪球将渗出词的四周/靠着这漠然拒绝你的风』——这是怎样的风啊！我们出生，然后死亡。当死神向我们伸出相挽的手时，我们的身份和为之努力的一切被无情地从我们身边扯掉，我们来时哭声宏亮，仿佛是一种宣告，而走时我们却是无声的，悄然被死亡抹去，被迫进入另一个子宫。

疼痛的到来，是不是提示我们从创世的源头认识自己，从而获得解脱的契机呢？西藏金刚乘比丘尼佩玛·丘卓说：『从这个观点来看，我们真正认清事物真相的那一刻，就是毯子从我们脚下抽走而我们找不到立足点的时刻。如果我们不利用这种状况来唤醒自己，就会让自己昏睡下去。』疼痛劫持了我，成了我存在的证明，也成了我存在和理由。

多年后我终于在倾斜的屋顶下看到了一线温暖的阳光缓缓降临——安住在这种动摇的状态，疼痛的状态——安住在破碎的心、安住在绝望里……这是真正觉醒之路。守着那份疑虑，不要惊慌——这就是精神修为。温柔而慈悲地体会自己，一步步向虔诚纯洁的核心靠近。印度圣典《薄伽瓦谭》说：『通过忍受痛苦，他断绝对躯体的依附，获得资格回归灵性世界』，『只有在这个世界中作这些疼痛的探询，才能成功和有完整的察觉……』

疼痛是一扇开向『知我』的门。从疼痛中体会和发掘深藏于时间里的真相，寻找存在的证明，以及生命的因缘。从这疼痛里面流淌出的是神爱意的目光，于是伤口就像一朵异样的花，鲜艳地开放！我们要精心地培植浇灌，让它永不闭合。

佩玛·丘卓说：『生命陷落既是一项考验，也是一种治疗。』那么，疼痛既是一项考验，也是一种治疗，更是一种开启。疼痛让心触摸生的轮廓。我痛，故我在；我在，故我痛；无我便无痛。疼痛来自分离、来自分离的创伤，只有融合、只有返回，返回生命的初始，如一滴水返回海洋，如胎儿安眠在母亲的子宫里，才能安和，才能永失疼痛。

『啊，那疼痛，那爱与慈悲！/以影子与影子的歌舞/在渐渐疲惫的消解中升起一缕清凉』！一位灵修诗人在疼痛里一边吟咏一边感恩。

日常表情·忧郁

忧郁是无法言说的，在语言抵达不到的地方。忧郁是命运。她栖身在蓝色里，在一声叹息里呼吸、行走，偶然显身在忧伤与焦虑交织的目光或者阴影里——忧郁是苍白、美丽、纤细的少女那双大大眼睛边上的黑晕。忧郁是贵族的血。

圣母是天堂里的忧郁者。她总是身披蓝袍，在金碧辉煌的天庭里透迤出一道忧伤、悲悯的曲线。波提切利画笔下的圣母玛丽亚，当她被告知：伟大的救世主就要在她的腹中诞生了！她苍白的脸低向蓝色的长袍，她感觉到腹中是一个苦难的生命，一个难以完成使命的生命。忧郁通过她白皙的手滴落在蓝袍上。还有贝利尼的《圣母子》，腥红的窗帘前坐着一袭蓝衣的圣母，忧郁的质感从她抚摸圣子的手指间流泻而出，圣子天真的脸笑在蓝色的长袍间，令人无限的怜惜。即使崇尚静谧、秀美的拉菲尔，在《圣母子及众圣徒》中，被世人公认为最美丽、最温柔的圣母，也身着蓝袍，忧郁的眼神无声地透露着上帝的秘密——圣子的命运。还有乔托、马尔蒂尼、安吉利科等笔下的圣母都是身穿蓝衣。她在蓝色的背后注视着圣子成长的路，走向拯救的路，目光里全是蓝色的忧郁。千年的目光流成一条河——忧郁的河，在遥远的天堂注视着人间的苦难。忧郁的心是承担苦难的心。

忧郁降临到人间，仍然保持着蓝色的身姿，像一枚破碎的瓷片，睁着近乎绝望的眼睛，锋口处滴着白莲的血。尘世里的忧郁已从天使簇拥的宝座上走下，失却了那份因华丽而透出的安宁，澎湃却了无声息，像饱含泪水的睫毛。忧郁是城市里一只无声的鸟，它低低地掠过天空，却在世人的视线之外；忧郁不一定漂亮，但一定白皙的、洁净、纤尘不染；忧郁是无法和周际交流的天使，她只能睁着眼睛凝视，在无生命的石头里看到生命在涌动、消亡，如一只关闭在琥珀里的昆虫，细细的腿在静止里抽搐。忧郁者凝视，必定是凝视——所以她的眼睛疲劳过度，终日藏在深深的阴影里；忧郁像书脊属于书本的边缘，她属于现世与精神的临界地带，突然现世跌落，精神尚未降临，巨大的空虚铺天盖地；忧郁的质属于完美与纯粹，不，更确切地说忧郁依赖于完美的匮缺，正因为完美在现实中的缺席，才让忧郁凸现出孤绝的身姿，玉树临风的身姿。

忧郁者从不安眠，她用心体验着身边的点滴声音与影像，它们都像风中无数的尖槌，不停地指向忧郁的心；忧郁不是枪口下的伤，她从不滴血，但她不停地失血，身体内好像有一个深渊，殷红的血液无声地倒灌着，忧郁者义无返顾地苍白下去；忧郁是伤口处的一朵花，疼痛却美丽；忧郁不抗争、不雄辩，她专注于倾听，而太多的声音传到她的耳朵时都显得困惑与凄凉；忧郁是上帝选定的，是人世间不幸的见证者，是人世间不幸的承担者，她为快乐的人们承担着人类固有的痛苦，是耶稣派来的为人类守望的园丁；忧郁不是拜伦是雪莱，是雪莱那张非世俗的脸；是兰波的诗歌、是凡高的天空；是李商隐的《绵瑟》、是梅特林克的《青鸟》；是肖邦的音乐。

庞培，江阴诗人。他说：『忧郁，是阳光底下一件洁净的、黑色的、哀悼的外衣。一本书的带有英国气质的插图上，忧郁是它蓬乱的头发。』忧郁属于隐匿，属于话语背后的阴影。

『她匆匆忙忙离开家，穿着一件与季节不太相称的大衣。这是一九四一年，一场新的战争刚刚开始。她给雷纳德和维尼纱（丈夫与姐姐）各留了一张纸条。她意志坚定地朝河边走去，她很明白她要做什么，但是眼前的景象还是让她分了心，起伏的山丘，教堂，羊群三三两两，白色中透出些黄色，在渐渐变黑的天空下吃着草。她停下来，看着羊群，又看着天空，但还是向前走下去。……』这是弗吉尼亚·伍尔夫，她在那个阴郁的黄昏走向河边，并细心地挑选几块石头放进大衣的口袋，然后慢慢地走进河里。这个写了《一间自己的屋子》的女人，写了《到灯塔去》、《达罗威夫人》的女人，一生都被忧郁控制着，像一棵被常春藤纠缠住的树，无法自救。忧郁是来自她身体深处那个始终得不到解放的、却更为纯洁的自我，来自她的命运。伍尔夫忧郁的天空终于覆盖了一切。忧郁者无不法解救。

狄金森是也忧郁的，她终生未嫁，多平静的幽闭生活呀，其实她比任何人都细致与兴奋，能有什么东西逃过她的眼睛？她把别人忽略的日常生活转变成灵魂的替身，并栖息其间——挺拔单薄的背脊留下不堪重负的影子。她说：『世上有许多人。他们是怎么活着的。每天清晨他们怎么找到力量穿衣裳了。』狄金森是忧郁之光，在她的内心有一个不可抵达的愿望世界，蓝色的世界。她说：孤独是迷人的，忧郁带我往梦中才出现过的地方前进。

日常生活谈忧郁，还应该说说张国荣。躲在窗帘背后看《霸王别姬》——再一次经历程蝶衣的死。还记得程蝶衣最后的笑吗？我认为这是整部电影中最惊心动魄的，是惊天地泣鬼神的，是张国荣足以让自己留在经典里的一笑——忧郁者的笑。凄绝、超然、藐视，不是对京剧，而是对人。庸人可以在妥协、将就、混沌中生活。他不行，忧郁者不行。他必须清澈、极致，必须有一个完整的天空——『要唱一辈子，少一天、一个时辰也不行，也不能算一辈子』！日常生活能获得这样的圆满吗？程蝶衣只能用死来成就自己了。我想：还能有谁配得上和程蝶衣同台唱戏？忧郁者无法自救。北岛在题为《忧郁》一诗里写道：『冥想继续上升，越过蓝色/像医生一样不可阴挡/他们，在决定我的一生。』

忧郁像只不祥的黑鸟，张开翅膀遮住阳光，损害着医学意义上的健康，但是忧郁又是无知海洋里一只坚韧的筏，它以疼痛、暗伤，近乎自残的方式挽救心灵免于沉沦麻木！忧郁让一颗善良的心在听着『欢乐的、刺人心的嘈杂声音』（拉弗格语）的同时，有可能专注于自己的存在，触摸自己命脉如何弯弯曲曲、布满荆刺。通过忧郁这条隐秘的渠道体验疑惑、疲惫和低语。世界荒芜，水土流失的大地上长不出丰裕的谷子，在大地缺钙的餐桌上，也许只有就这么点粮食让失却神爱的心不断地踏上回归之路。

在科学上把忧郁定为一种疾病，并为它配制了大量的药剂，叫做抗忧郁症药。一九九九年获普利策文学奖的小说《小时》，讲述不同时代三位女人的一天生活，以细腻的笔触揣摩女性的心理，描述她们对灵感和自由的渴望以及在现实中的迷惘。她们都想抗拒麻木的日常生活，最后她们都被科学定义为『忧郁症』患者。小说最后说：『忧郁不是一个孤独者的疾病，自杀也不是一个弱者的选择，这不是你的过错。你是对的，你仅仅不想要麻木。』

忧郁是落入迷途的清醒者，是被神遗忘的天使，针尖上的天使。是一颗云间的种子，偶然滴落在泥土上，长成一棵非人间的树，被一切健康视为病态的树。

也许忧郁离死亡太近了，人们凭经验就把它归入疾病。不，忧郁是一颗尚未绝望的心灵沿着僻静的街道，沿着墙根或者屋檐——如果在夏天就选择树荫——行走。到哪儿去呢？忧郁的日子无路可走，只有心合着遥远的节拍——来自荒原上孤独的脚步声——跳动。在忧郁的日子里，孤独的心常常看到死亡在翩翩起舞。伍尔夫在《达罗威夫人》中有这样一句话：『人们觉得无能为力，找不到生活的中心，一切都不再神秘，人们逐渐疏远，快乐消逝，只剩下孤独。这时，死亡是一种抗拒，死亡是一种交流的企图。』伍尔夫以她的死，完成了忧郁者和内心无限之神失去联系后的终结一幕。我相信：无限的神啊，也为之流下黯然的泪。

忧郁，是灵魂的悸痛一滴滴凝结成的脊梁，慢慢地弯向生命的根部，一个悲悯的感叹号。

日常表情·温柔

温柔是爱的凝视——『亲爱的凝视你自己心里／神圣之树在生长／记住所有颤动的头发／有翼的便鞋怎样飞驰／温柔逐渐充盈你双眼／亲爱的，凝视你自己心里』（叶芝语）。

温柔是一条单纯的弧线，缓慢、平滑、专一，且无限地延伸；温柔是一束橙色的阳光投在干爽、洁净的肌肤上，馥郁的感觉从蓝莹莹的血管下慢慢上升，弥散，然后缓缓地淹没、心身融化；温柔是提琴的低音区，是抚琴的手指；是夜间无声的雨水，是雨水里细小的根须；是微微的晚风，是晚风里一片新叶的眼神；温柔是一只羽翼未丰的小鸟伏卧在掌心，那颗小小的心房隔着绒羽在掌心的纹理间轻轻地跳动。

温柔是晨曦里小草慢慢吸纳晨露，那晶莹的光渐渐呈现轮廓的一刻；温柔是当你俯身探望一朵娇柔的小花时，小小的花瓣在你关爱的注视下，轻颤着荡漾开羞怯笑脸的一刻。

温柔是圣埃克苏佩里的童话，那本薄薄的《小王子》。

凌晨，一杯绿茶透出森林的湿润与清香，桌上是前夜读的诗歌，至纯的心在字里行间且行且驻，殷切的眼光注视着你，关爱的询问响在你心间；把手轻轻地放在那音符般的文字上，会有牛奶的泪珠从指尖渗出，流成一条纯净的河——那是温柔的河。

温柔是远方的爱人，是投入怀抱的身姿，是一滴水像抛物线似的缓缓地顺着草坡滑向底部，然后消失在泥土里。

温柔是信赖、是认同，是全然的接纳与全然的交付。温柔也是全然的开放，如蓓蕾向着阳光雨露的开放；是缠绵的生长，如根须向着湿润的泥土生长。

温柔依恋于外界，但却产生于肺腑的深处。它在身体深处低沉地回旋着，像一双婴儿的手以她的娇柔与和美缓缓地推开沉沉的木门一样，温柔以它的和谐与非力量打开尘封的心、僵硬的骨骼，直抵搏动的血脉，不知不觉中欢乐、心喜、情悦就细细密密地流过心房，细致、幸福的血呵，静静地流动，缓慢，再缓慢。

温柔是让人流泪的扶手，不是那种面对宏伟或面对死亡而带来的谦卑、脆弱、伤感的泪，而是靠近失而复得的巨大幸福时的泪水。像一个信徒忏悔完毕，神父伸出慈爱的手，轻抚他的头，迷途的羔羊终于得以回归，泪水夺眶而出。

温柔是秋夜里的半轮月亮对一泓湖水的注视，是月光下的湖水对遥远天空里星辰的呼唤。那一颗颗带着泪珠的星子们纷纷扑向水面时，月湖呀，拢起水的手臂——温柔瞬间淹没了星星们纷乱的足迹，湖水与星子们都安睡在温柔里。

温柔是爱意的晶体，闪烁着沉静的光。有时可能会带着一丝忧伤，可这忧伤却是洁净的，像山谷里的一朵白色百合，仰着洁白的脸遥望天空，期待一丝清风、一线阳光、一声鸟儿的鸣叫。温柔是洁净的热爱，它是一支蓝色的曲子，宛如对婴儿的呢喃，它尽可能地压低声音，是为了让心跳得慢些、更慢些，以致尽可能保持一种触摸、爱抚的手势，直到心里的欲念——占有、怀疑、嫉妒、仇恨被无限的爱融化，甚至连自怜、自恋与自主都融合在无限的至爱里。温柔最终导致情悦与和谐，导致孤独的消失，导致感恩——对一切感恩：轻风、雷电；花香、鸟语；幸福、苦难。融合是温柔之曲里那一枚定音之符。

温柔是情感之河里最美丽的一朵浪花，它始终躲藏在水的深处，在夜深人静时，她羞怯地在水面伫立，遥望，定格成长颈细腰的青花白瓷瓶。温柔一刻是天人合一的一刻，是与爱无法分离的一刻，是与纯洁相互辉映的一刻。一个处在温柔之中的人，是美丽与高贵的，他所有的时间会流成一条美丽的河。

所有优雅、美好的语言，都衍生于温柔。在『温柔』中，『温』是修证词，『柔』才是主体呢！我们闭起眼睛想一想『柔』吧，它和『辞海』的解释条目无关，和人体内部、骨骼深处的吟唱有关。呵，当我们温柔时，那是神圣的爱在精心呵护着我们；当我们忘却温柔时，我们是淘气的小鸡，因为好奇，逃离了母鸡温暖的双翼，于是分离、纷乱、孤独、无助，因为迷离到处寻求从而欲念丛生，于是嫉恨、争斗、分离，心被粗暴地一击，爱被关在身体深处黯然神伤。

我感谢生活赋予我温柔的时辰。当我清晨被窗外的鸟儿唤醒，有一双慈爱的目光停留在晨雾里，没有惊慌也没有不解，被温柔牵着，时间正带着我一步一步返回我出走的那一刻。

喝茶的经历

我父亲很爱喝茶，喝很浓的茶。每年开春就会有他过去的战友送来茶叶，听父亲说：这是泰顺的高山茶，味重，父亲专用的杯子里总是盛满酽黑的茶水。记得有一次渴得要命，端起父亲的杯子大大地喝了几口，竟一夜无眠，那大概是我平生第一次失眠。

读高中的时候，我爱上了喝茶，而且是一发不可收。等我高中毕业时，不仅仅爱喝茶，甚至喜欢吃茶叶，喝茶时总是把杯子晃几下，让沉睡在底部的茶叶苏醒，随水流旋上来，这样喝上一口，满嘴都是茶叶，然后慢慢地品尝。吃茶叶的嗜好发展到最后，有事没事要从茶叶罐里捞一小撮茶叶，放在嘴里嚼着，快乐无比。后来胃出血，在医生的禁令声中才痛苦地把这一嗜好戒掉。喝了二十多年的茶，只喝绿茶，偶尔喝喝花茶，总觉得花香盖过茶香，当茶水洇过咽喉时，那种温馨、甘洌荡然无存，于是就放弃了喝花茶的尝试。也喝过红茶，好像一下子从月球跑到太阳上来，头晕目旋的。心想：绿茶是中秋节，而红茶是假面舞会。

最浪漫的喝茶经历是在一个叫『雨亭』的茶室里喝的薰衣草茶，颜色像安娜苏香水，艳紫微毒，让我联想起爱情里的阴谋。最贵族化的饮茶是喝英式红茶，茶具是威治活骨瓷，加上牛奶方糖，端在手里就像捧着镀金皇冠，只是不停地看着却没有喝的欲望。现在甚至有抹茶冰激凌，把茶粉放到冰激凌里，甜蜜婉约，让我百思不得其解——这也叫茶？朋友们说我落伍了，我想这可能是后现代茶吧。还有水果茶，水果和绿茶是我今生的最爱，我可以一天不吃饭，但却不能一天不喝茶、不吃水果，然而当它们被时尚的茶师配制好，盛在造形别致的玻璃壶里端上来时，已经全没有水果和茶的风范，像蜜饯水。

有次与朋友在温州一家叫青纱笼的韩国茶馆里喝大麦茶。是一个冬天的下午，一杯杯地喝下驱寒。温柔的女孩送上豆腐干蚕豆之类的佐茶小点，茶味极素，麦香清盈，又带着黑土地的醇朴，好像许多时光浸泡在茶水里，挺别致的感觉。朋友是一家大型国有粮库的总经理，竟喜欢里尔克的《杜伊诺哀歌》。那天他给我讲故事，讲大学时暗恋过的女老师，官场的艰难，还有他的成就感。他说长兴并不适合我，城市太小，安逸太多，视野太窄。他问：你就从来不曾想改变一下？我微微地笑着，轻轻地摇头，一杯杯地喝着大麦茶。想想那已是几年前的夜晚了，人生许多事就这样转瞬即逝，我现在都想不起大麦茶的颜色了。

儿时的好友，他读了七年的中医，又经营了十几年的皮具出口公司，在温州最繁华地带开了一家叫『轻愁』的茶庄。茶庄装修得有点野趣，闹中取静。一面墙伪装成了石壁，下有极浅的小石潭，水声滴答滴答，一直滴入静坐着的人心，然后漾开一丝波纹，天光云影都被水滴碎了。石壁上『听泉』二字，笔意简古，像知己的脸。五个包间，梅兰竹菊，取名『咏梅』『听竹』『品兰』『赏菊』，很传统的中式风格，另一间和式，额以『樱屋』。此外便是竹帘虚掩、榕荫匝地的歇坐小间。那天他请我喝茶，电话里给我下了一个命令：带上『独饮』的心情。就这样我独自坐在『听竹』里，他给我上来一盏铁观音。我消消停停地看着冬日的斜阳移过茶盏，淡出黄昏。今天依然是冬日，帘卷西风，那份情致还在。记得小茶几上有一本《柳永词选》，半旧，随手翻翻，就见『今宵酒醒何处，杨柳岸，晓风残月。』想起这位『奉旨填词柳三变』，正是生活在宋仁宗时，虽不强大，倒也不乏繁华，那是中国茶文化的一个巅峰时刻。暮色重了，两株古榕下也有薄薄的暮霭浮动，牧歌远来，渔舟晚唱，铁观音也散溢出一层乡野茶香。站起来，抚过紫砂，让它化为一叶精致的小船，归航。

前些日子翻翻以前的日记，在字里行间看见一个叫晴耕雨读的茶室，很有茶味与禅意。在心里一次次地念着『晴耕雨读』这几个字。想起那次是几个朋友在一起泡了很长时间，也说了许多话，渐渐地大家沉寂下来，无声地喝茶。突然一个在浙大教书的朋友说：等挣够了钱他要去研究历史，像黄仁宇一样写书。你们呢？我说：我要是有很多很多的钱，我不想劳作，过着晴耕雨读的日子，从从容容地闻香听风。其他几个人都说想做游侠，不知现在他们有没有做成了游侠，至少我还没有过上晴耕雨读的日子。

身体不适的时候，总要照着茶谱自己动手制作药茶。在书里看来的苦瓜茶，夏天买回苦瓜切成薄片，晒干后可泡水喝，试过，有降火的作用。还有姜茶，感冒时会切几片姜，加赤砂糖煮开，喝下后盖棉被睡一觉，起来一身大汗热也退了。薄荷蜂蜜茶，从中药店里买几片野薄荷叶子，放上蜂蜜冲水即可，都说有美容效果，这可是让女人最动心的诱惑。喝得最多的是菊花茶（我从不把菊花茶列入花茶，它更贴近药茶。老家有上火之说，柑橘上市时，我总是一边吃着性温的柑橘，一边喝着性凉的菊花茶），几朵杭白菊撒入茶杯，泡开后菊花象海洋里的水母，柔软的触须飘飘浮浮，偶有几枚绿茶尖尖的芽头从洁白的花瓣间探出，真是美丽非凡。

名茶喝得不多，看得却不少。特别喜欢去茶叶城，主要是喜欢看那些茶的名字。那些名字像深阁里的少女，轻柔柔水灵灵的，宛如清晨里的一缕烟雾。一进去就是满室香气，在衣襟上缭绕不散。朋友出差到云南，给我带来一听茶叶，叫普洱千里香，一片片打成小结，像美丽忧郁的女人解不开的一段心事。我揣想做茶的女子如何一根根把它捻成一个花结，那么细致，留下了制叶女人指间的温香。产好茶的地方都在山上，而且多雾，茶树能吸收天地灵秀之气，就像山涧水湄的女子往往尘俗不染。如果是新茶上市季节，商贩向我推销新茶，茶叶讲究当年出产，稍旧便年华已逝红颜不在了，像女人一样耽搁不起。

旧时的人常说粗茶淡饭。其实茶讲究起来异常繁复与华丽。日本的茶道已近乎魔，一套套仪式诸般考究，茶室都需要标准。强调清、静、和、寂的理念。风格分许多流派。川端康成有篇小说便是讲茶道。要说写茶，即使我再怎么喜欢川端康成，也只得把他的位子往后靠了，曹雪芹在《红楼梦》写的茶，是读到的最美丽的茶，大观园里的佳人们（当然少不了宝玉）真正把茶品出情致来。妙玉邀宝黛钗三人品茶栊翠庵，茶器都亲疏有别。黛玉的是杏犀盉，宝钗的是口爬斝，妙玉却给宝玉用自己家常用的碧玉杯，可见情意殷殷。宝玉装糊涂道：常言道世法平等，他们俩个就用这样的古玩珍器，我就是个俗器了？妙玉说，这是个俗器？恐怕你家未必找得出这么个俗器来呢！宝玉笑道，到了你这里，自然把这金珠玉宝一概贬为俗器了。这是两人都会意的言语。妙玉煮茶的水是梅花上的雪，清淳无比。甚至黛玉都喝不出来，这让我觉得不近情理，也是作者对妙玉最大的私心与偏爱。

我不知道在今后喝茶的岁月里，会有怎样的故事嵌进生活。茶圣陆羽在《茶经》里，开宗明义的第一句话说是：『茶者，南方之嘉木也。』有茶的日子，就会有嘉木的精气，会让时间长出一片森林的！

阅读眼泪

远方的朋友寄来一本书——《一个人为什么会梦见另一个人》，这个书名像一把准确的梳子，把我几天来飘忽不定的思绪理成一个温柔的音符，在耳朵深处『咚』的一声响了，这几天我一直无意识地想着一个人。在喧哗的大街上，看着一张张陌生的面孔走过，我会想起他；阅读后合上书的一刹那，我也会想起他，确切地说我在一遍遍地回想一个情景：他眼眶里盈满泪水的情景。那是一个普通的饭局，席间谈起他的姑姑，她被癌症夺去了生命——一位终生快乐并给周围所有的人都带去快乐的女人。我忽然看到他年轻的眼眶里充满了眼泪，然后他慢慢地拭去眼角的泪水，把湿润的手指握在掌心，平静而又自然，丝毫没有为自己的眼泪而羞怯。羞怯的却是众人，人们赶紧拿起酒杯，用华丽的葡萄酒来化解他的眼泪。

我不了解他被什么精神感动，但是我被他还会感动而感动。我记住了他的眼泪，从他的眼睛里，我读到了久违的泪水。从这眼泪里我确认：他内心深处的某种东西没有消失，因为眼泪天然地与真诚、善良、怜悯相关，只有当灵魂被感动时，我们的眼眶才会湿润。

什么时候起，我们难以流泪了？这是我们在成长中天性的丧失。其实流泪是一种能力，一种灵魂仍然能够感动的标志。我始终认为眼泪发自人性中最深沉、最柔软的部位，是对生命的最大敬畏和感知，当我们面对善和爱时，面对苦难和脆弱时，眼泪是无声的语言，深切地述说着人性的本质。眼泪更是一面镜子，折射出灵魂的质地。《三诗人书简》收集着本世纪伟大的诗人里尔克、帕斯捷尔纳克、茨维塔耶娃三人之间的通信，里面多次提到『泪流满面』，他们彼此为对方的诗歌精神而感动流泪。从这些透明的泪水中我看到了高贵的灵魂！

人性的历史似乎并没有和科技同步发展，当科学技术为人类绘出充满诱惑的画卷时，人却变得更加平面了，我们只需要感官上的快乐，莎士比亚的悲剧从我们生活中走出，它们在蒙尘的书架上怀念着古典时代。也许世界太纷繁了，诱人的声色像舞台上盛装的模特，让我们目不暇接，它们麻痹了我们的感受能力，面对那些人性的光辉视而不见，有时甚至还会主动地去躲避感动，在潘多拉的盒子里人类自行放入冷漠、隔膜和暧昧。多少人曾经被安徒生童话里那个卖火柴的小女孩所感动，现在还能感动我们的，会让我们流泪的事，寥若晨星。我们丧失了感动的能力。

土耳其古典诗人玉外纳这样说道：『当大自然把眼泪赐给人

类时，就宣布他们是仁慈的人。』诗人告诉我们泪水和神性之间，是天然的结盟，是造物主赋予我们的天性，那么眼泪的匮乏，就意味着我们心灵对日常生活的缺席。

我的朋友在《一个人为什么会梦见另一个人》里说：『梦见这个人与不梦见这个人，不会给这个人的生命带来意义，但是做梦者心灵深处会有某种震撼。』是的，此时我想着他，想着他的眼泪，内心被他依旧拥有质朴健全的人性所震撼。

愿他的眼睛还会为那些存在或者不存在的美丽与善良、消失与脆弱流下眼泪。

记忆

记忆是另一种语言，它具有自己的想象力。

在我的讲述中，记忆的碎片像零星小雨似的落下。许多久远的事，被岁月尘封的事，在语言里醒来，呈现出它们不在场的意义。到底什么是『记忆』？真的觉得许多事都已经不『记』得了，但是在某种环境中它们居然能『忆』得起来。

『记忆』是不是有许多种类：一类记忆是我们经历过的一件具体事情，一场变故、一次冒险等，由于它们的『惊心动魄』，而留在我们的记忆里，它们是通讯、特写的材料，是以可以拿来复述的，可以作为我们某次饭局上的谈资；而一类『记忆』，却是不清晰的，往事的某个片断、瞬间，延伸出一种颜色、气味或者声音，像夜间路灯下物体的阴影，它们具体的载体已经变得不那么重要了，而阴影却笼罩了一小块土地。它们几乎是不可言说的，是我们培养黑夜里心情的土壤；还有一种没有记忆的曾经，我们经历了它，像某年某月某天的一顿饭，随着我们把筷子一放，它就完成了。然而它却没有像饭粒一样，穿过我们的肠胃消融了，不，它躲在我们身体内的某个角落里，像冬眠的蛇蛰伏下来，而我们的身体却毫不知晓，多年后的它会在一个恰当的时辰猛然醒来，而且它在沉睡中已『长大成人』，我们愕然：我怎么还记得它？然后如梦初醒：其实我们一直生活在它的阴影里，脾胃一直都在吸收着它的分泌物。它无声地把我们个性中的某一面导向它背后的意义，应验了那句俗语：不会叫的狗更会咬人。

时间会带走一切：青春、美丽；荣耀、显赫；甜蜜、快乐；

带走指天的盟约、泣血的誓词；带走相牵的手、相依的肩；带走爱人抚摸的手、疼你呵你心……

记忆留着！时间把生活的形——外壳带走，像达利那软体的钟，势不可挡地流下桌子，即将消融在沙土里，而把生活的神——记忆留下，留在我们看似拥挤，其实空空荡荡的身体里，我们要用一生的时间，不停地穿越生活，太多的事情（也许并不多）迎面撞进我们的生活，又像电影的镜头一样消失在银幕的背面，它以自己的速度移动着、消失着；记忆是另一只手，躲在暗处的手，像一条无限幽幽的长廊，我们经历的分分秒秒从中滑过，任何一处都有可能在瞬间开启一扇小门，从中飞快地伸出一只手，抓住一个片段消失在门后。也许这扇门就一直开着，被抓住的片段进进出出，时常和后来者相遇，这样的片段总是鲜活的，也不安静，它就没有生长的机会；有的小门会重新关上，这个片段就幽闭在深渊里，那么它有可能长成参天大树，荫庇我们往后的岁月。

不管你曾经历了什么样的生活，如果没有开启足够多的小门，那么这条幽长的廊是死寂的，像荒原。生活的过程就是沉积记忆的过程，会有一天，我们什么也不能经历了，我们只能经历记忆。记忆是夜行者前方的一盏小灯，他已经走到夜的深处了，明天的太阳不再属于他了，于是他就坐在这盏小灯下，和漫无边际的夜对话，直到永远。

记忆是弹性的，是柔软的。记忆像条缝隙，我们侧身走进记忆，那是另一个世界。

有时候，感觉幸福无限的时刻，在记忆里却迅速暗淡，让后来的自己都无法理解，当初的幸福感从何而来？是不是当初自己的心太需要幸福了，于是就把幸福的渴望幻成真实，托负偶然出现在我们身边的平常事，以为是它给自己带来了幸福；而有时候，太容易被自己忽略的一举手、一投足，或某只眼睛的回眸，一闪而过，你并没有觉得它含义深刻，可是它在记忆里，却长出尖锐的痛，这痛日益茂盛，枝丫直抵你的心房，根深叶繁得让我们不能自拔。记忆会把不真实的水分过滤掉，留下事物的核心。

记忆是寓言，它更多是苏醒在我们迷惑或痛苦的时间里。当我把记忆中的生活拉到眼前时，常常是伤感的时候。

月亮

月亮，是一本枕边的书，是夜游灵魂倾听的书；是我们可以在夜里翻开的隐密岁月的家谱，所有的时间脉络清晰，如荷包上的绣纹。银白色的光是水面上难以辨别的风的足迹，是梦的湖畔一层薄霜；那影影绰绰的斑纹，是我们孩提时代夏夜里盼望流星的眼睛。

月亮，是珍珠的眼睛、悲悯的眼睛。当它睁开眼睛看大地时，它那无限宁静的凝望，让多少行吟诗人滴下怜惜的泪水，颓伤的心跳出温情的节拍，手中的木琴悠扬；让多少热血沸腾的灵魂，低下桀骜不驯的头颅，转而面向修道院幽暗的长廊；多少病中的少女在月亮升起的那一刻抬起苍白的手臂编织风铃……月亮的光包含着一种悲凉的平静、不动声色的寂寞，一种类似于倾诉无法抵达的爱的颜色，从高高的天空降临，轻柔、优伤、悲悯铺洒满城。

月亮在我们的梦境里行走，身影在窗帘的皱褶上划出温柔的弧线，像一朵水中百合，清凉的体香呵护着无处藏身的梦；透明的手指抹去我们眼角无声的泪珠；忧柔的脚步声如沙漏所控制的时间，轻得只有花的香味、草的阴影能够听到。

月亮是我们涉世的第一根弦，童年就是在到听月亮的叹息声中点上句号。月亮的叹息，是一个人所能听到的最摄人魂魄的叹息。你看那云层间的月亮，像一朵孤独的花，宛如深园里的青石浸透了霜、浸透了冰凉的秋意。人们提起月亮，总是把明亮、清澈、空灵这样的语言赋予它，不，月亮是一种声音！是遥远人世间的歌手的音域，唱着痛苦灵魂无处可归的歌。雪莱看到这枚月亮，听到了这声叹息：『为什么你如此苍白？/莫不是疲于夜夜登天，凝视地面，／永远孤零零地漂泊／在与你出身不同的众星之间，／永远盈了又亏，像一只悲伤的眼睛，／找不到有什么值得你长久眷恋？』

云层中踟蹰的月亮，是托钵僧侣剪影般地走在远处的山梁上，夜风吹起他的长袍，像蝙蝠的翅膀，他急急地走向心灵渴望的一棵树或者一滴水，像听到隐密召唤的迁徙之鸟。

月亮又是死亡的眼睛，月亮的眼睛盛满了无边的阴影。

一次我登上十九层楼的平台，霎时城市小积木似的世界在我的眼前坍塌，天旗哗然张开，月亮宛若非洲神秘部落族长背后的图腾一样，高高悬挂在我的头顶上，带着特有的威严与静穆，于是我们对视有了宗教的意义。我无论如何也无法把它归入科学定义上的一个天体，把它等同于岩石与沙砾，它是无法归类的！月亮永远是一个单独的种族，是夜晚由黑暗里开出来的花朵，不带任何世俗的徽记！月亮，是万物倒映在泉水里的眼睛。那蝴蝶的斑纹是尘世代谢、物事人非在它的眼眸中的逶迤。所有夜晚的故事——宫殿里刺向王位的刀剑、嫔妃们争宠的绫罗都在月亮躲进云层的刹那间闪闪发光；还有黑暗里爱恨交加的眼泪、生死未卜的祈求、等待神谕的耳膜，叩向时空的手指，都在月亮的静默中喃喃低语——所有人间的悲喜剧，只有月亮独自参阅。它是时间作案的目击者，可却从来不到庭作证，默默地恪守着亿万年人类命运的秘密，让我们蚁居在地球的一角，自囚而不得其解。

月亮：你是难以讲述还是倦于诠释？月亮像一位孤独的神，手持夜间的风，漂流在亘古的寂静之中，在悠远的时间里时隐时现。像一位冰质的女王，带着高贵与温静的肌理、美感与苍凉的脸庞，俯视时间及时间里的命运。

月光如水，它悠悠款款的目光中，给世间透一种意味：以它浅浅的一弯表达从容，以饱满表达忧郁，损与盈的过程昭示着纯粹美的诞生与消亡，当它在黎明来临的脚步声中香消玉殒时，露珠是它留给人间的提示——稍纵即逝。

我记得某部电影中的一幕（我忘了片名，却记住了这个场景），主人公失神的双眼注视着高楼夹缝中天际上的月亮，它在屏幕上变得越来越大，渐渐地呈现出审视的冷酷意味来，让都市的霓红灯失去了光彩，变得非常渺小，躲躲闪闪的像夜间的小偷。

月亮把神的秘密编结在夜风里，将生命映成一种象征。告诉我们，在你之前的故事——前尘如梦；告诉我们，在你之后的岁月——杳如黄鹤。

明月升起
群星失色
用它圆满的光辉
把世界锻成白银

——萨福语

桐花

四月的夜晚刮起了风，大雨接踵而至。绿了一冬的桂树叶飘然落地，像一只只折伤了翅膀的蝴蝶，雨点声声滴进我的心房，突然很想念那些沉甸甸悬挂枝头的桐花——今夜将是：『一声声，空阶滴到明。』

前天从菰城高速公路上下来，看到桐树开花了，淡紫色桐花清凉地开满枝头。一路上泡桐总是形单影只地生长在竹林或其他树木之间，因为是先开花再成荫，单枚的花骨朵简洁、坚实地玉立枝头，带着一种无法言说的清凉，绝无繁纷的气氛；更没有玲珑剔透的娇嫩、妩媚婀娜的飘逸，几乎是带着果实的品质。说她们清凉并不仅仅因为桐花的淡紫、桐树的无叶，更是因为在樱花娇美的锦瑟之外，桐花有一种洗尽铅华的朴质与素雅，如凝固的水花。如果说樱花是春天的流苏，那么桐花则是春天的银箫。它们开满一树，却全无花团锦簇的灿烂，如一曲无伴奏的童声合唱掠过春天的妩媚脸颊。那时正是黄昏时节，落日红得让人心醉，鸟儿在白杨树的新叶间飞来飞去；水杉尚未茂密，但更显婷婷玉立，春天的娇柔弥漫空间。汽车飞驰，一棵又一棵桐树在低矮的农舍旁，开满浅紫色小花，花色紫得若隐若现，但即使在远处，即使我的视线正随车奔驰，也能感觉到桐花汁液饱满丰实的花梗，在春天的和风细雨里有一种从容淡定的神韵。

『扑』——我耳旁传来一个遥远的声音，像一册古老的书籍在某个午夜醒来发出一声轻快的叹息。

小时候跟外婆住在海坦山下的老屋里，紧靠着屋墙有一棵年老的泡桐树，隆冬里桐树幽黑、沉默，我总担忧它已在江南的阴冷里死去。可是每年春天它总会在一夜之间开满一树小铜铃似的花朵，站在屋檐下也能闻到桐花的沁凉之香。黯然了一冬的树枝仿佛被春天照亮了，它们等不及新叶的发芽，就从尚未痊愈的伤口开出清凉多汁的花。

江南春季多雨，花正开着斜风细雨就来了，夜晚我睡在老屋的阁楼里，夹在雨水敲打屋瓦细小的声音里是『扑』『扑』柔软又有质感的桐花凋落声，我躺在小床上数着屋瓦上传来的声音，这声音便会延续到梦里。有时雨是从深夜里开始下的，清晨被外婆唤醒时，我迷蒙地说，外婆，昨晚我做梦了。梦到桐花『扑』『扑』一朵朵落到瓦背上，我数了一夜。外婆笑笑说：昨晚下雨了，桐花是落了。我一咕噜从床上跳起来，撑起天窗，草汁树液的馥郁——我称之为春天的呼吸——扑鼻而来，经春雨濡湿的青瓦有着端砚般的沉静，浅紫的桐花落满瓦面。多年后读紫氏部和清少纳言的书，让我一下子想起儿时这样美丽的清晨。《源氏物语》首章题名是——『桐壶』，书中配有丰子恺的插画，女孩绸缎般的发丝、透迤的紫色和服让我宛若重见老屋青瓦上落满桐花；《枕草子》开篇第一句话是：春天黎明很美。《源氏物语》与《枕草子》孕育了日本之美，我惊喜竟有这般的巧合！

后来离开了老家，再也没听到过桐花的滴落，却隐约感觉在落桐的声响里有我尚未触摸到的轮廓，虽然梦里还常常听到『扑』『扑』桐花滴落在瓦楞间的声音，心却只沉迷在它意象之美里。

去年整个春天都在乡间流连。在一个叫槐坎的山乡，没有看到洁白、玲珑的槐花，反而真正听到桐花的滴落声。汽车过二岕岭连绵的山脉，桐花一路上零星地开放在竹林间，全是我喜爱的桐花：淡紫、粉白。中午进一农家饭店，天空淅淅沥沥飘着雨，不闻雨声但见雨丝，湿漉漉的石板路上落满了浅紫的桐花。我一声叹息——落桐！长久地站在桐树下，仰面承接着细雨与桐花的轻香。突然一朵桐花『啪』的一声打在脸上，然后跌落——多么特别的落花啊！我感受到桐花沉甸甸的坠落，没有留恋，没有犹豫，也没有伤感，更没有一丝凋落的惊慌，好像带着深沉的回归感，纵身一跃，离开枝头，不回头地抵达泥土。不是凋谢，而是成熟饱满与无杂念的回归。

记得有一次在一座寺院里，几个朋友与院主聊天，出家多年的院主说喜欢桐树，我随口反问——为什么？他说：也是无理由地喜欢桐花，应该是喜欢泡桐花落的情态吧，你听听，桐花落声很好。我笑笑说，我是听桐花滴落声长大的，也很喜欢听，但还听不出这落花声好在哪里。院主并没有向我解释这细小的声音到底好在哪里。那一刻，我好像懂了落桐声好在哪里了。

所有落花都被称为『飞红』，所有落花都被称为『飘逝』。『飞红』与『飘逝』，写满了纷繁与绚烂，徘徊与流连，有一步三回头的曲折，还有零落的哀怨与伤感，无限的惆怅与悱恻，『落英缤纷』的忧柔写意让多少英雄尽折腰！

桐花的谢落在这种命名之外。那天在槐坎农家院子里，桐花沉重地坠落在我的脸上，我真切地听到了落桐深处的声音——温静、平和，没有惊恐与回首。

花开无声，花谢深情。宛如生命，即使『空阶』，亦然从容『滴到明』。

秋天的细节

小草　秋天一到，寸草结籽。稗子草，毛缨子草，茅茅草，狗尾巴草，茇茇草，它们在秋风里轻轻晃动。草丛里有很多虫子，它们的鸣叫声清澈明亮，像细碎的雪花。草没有年轮，要么悄然死去，要么无声地活着，不在任何地方做上曾经来过的印记，多好！草不需要历史、永恒、时间、成就之类过于宏大的词汇，其实世界的秘密与主旋律无关。草唯一拥有的只是那么一点绿色的记忆，纤细的绿色。在这片土地上，这些草——叫得出名字的和叫不出名字的——在越来越大的秋风中结出很多很多种子。它们就这样继续着自己古老而低微的生存。风里舒畅雨里生长，退去缤纷，谢去华彩，只留下自在与干净。小草，是植物王国里的素禾。

叶子

整个上午，我都坐在那儿，看叶子不时地从树上落下来。我尽量坐得离那棵树远些，以免惊扰树的根须。在严霜到来之前，这些叶子只能慢慢地落，一片一片地落。这些叶子从树上落到地面的过程真美啊，仿佛叶子不是在彻底地死去，而是在飘落时才刚刚获得了生命。当上一片叶子落下时，我总是猜不出接下来应该是哪一片叶子落下？等到这些叶子落光的时候，这些枝条是不是会有一种轻松的感觉呢？明年，枝上还会长出很多新叶。我信这一点。当我不信的时候，枝上照样会长出这种叫叶子的绿色，但于我，意义不一样。在我信的时候，叶子，枝条，树木，乃至整个轮回的春天与秋天，就会与我发生一种内在的联系，甚至会成为我身体里最美好的一部分。不信的时候，我便断裂了。

现在，我对这个世界信得越来越多。净信是美好的。有时我感觉这些在飘零里获得生命的叶子是我最后的王国。

树木 到最后，一切都会变得简简单单，一目了然，如一棵冬天里的树。秋天，树木减少自己的茂盛——叶子落了，花儿谢了，连筑巢的鸟儿把飞翔也藏了起来。树在减少里获得什么呢？获得严寒里的淡定。我在秋天的树里感受到古老的智慧，所有的智慧都在教育我们如何从容不迫，树肯定富有善根，它们不用东奔西跑就获得了先知。有一些减少是看得见的，有一些减少是看不见的。秋天也在不断地减少自己。直到秋天彻底成为秋天。直到秋天只剩下天空、大地、风和阳光。当然，还有果实和种子。这些是不能减少的。我也在不断减少自己。有一些减少是疼痛的，有一些减少是幸福的。直到最后只剩下真、善、美，这些是不能减少的。我们应该像一枚果子，到最后是丰润饱满的、沉甸甸的。

甜蜜、浑圆，线条优美，生动、柔和，充满生命力。世界就会变得越来越蔚蓝、辽阔、明亮、温暖。

露珠　太阳还没出来，我就出来了。鸟儿也出来了。鸟儿总是比太阳出来得更早。早晨潮湿而清凉。露水珠子真多。露水珠子挂在草上、树叶上。这些东西都很干净。什么样的树结什么样的果，那些开始变香、变甜的果子上也挂满了露水珠子。鸟儿飞来飞去，翅膀湿漉漉的。鸟儿碰落了很多露珠。我从湖边的草地上走过，也碰落了很多露珠。这些露珠，这么美丽、纯洁、清澈。每碰落一颗，我都感觉自己像犯了一次很大的错误。我真不该惊扰这世上任何一种美好的事物。因为我没这样的权力。太阳出来了。原来光芒一直都在天上呢，宁静，明亮，温暖而仁慈。露珠知道这一切，所以它会在凌晨的风里闪闪发光。我如果是一株植物，一株沉默又卑微的植物，那么我的身上也肯定挂满了露珠。可惜我不是，现在只能用心地看着这些露珠，我尽可能把自己的目光停留在这里，很长很长时间——幸福的时间。这样露珠会照亮我的眼睛吗？会的。美与善，只要用心去感受，瞬间便会生发，成为你生命质地里的元素。所以当你渴望变成一棵树时，你真会长出叶子与根须的。

湖水　雾是五点左右大起来的。必须在起雾时就到湖边，一个人。这才能听到湖水静彻的呼吸。这时天只有一点儿麻花花的亮，像一张薄薄的窗户纸，一捅就破。虫声疏细。你会感觉天空很远，湖水很近。湖边一棵一棵的树，比平时显得静。仿佛随时要到哪儿去，又仿佛刚刚在这儿停下来。被一种力量控制着。一个湖，凉凉地、虚虚地涨向天空。对面树林起着浓浓的雾，雾也跟湖一样，有一种很深的寂静。这种寂静是一个太空旷的世界，感觉里面有一种更真实的存在。让人忍不住想走进去。至少想在那儿待一会儿。有一种离开自己的感觉，能离开自己一会儿，多好啊。湖边有座石头房，也比平时显得静。房子老了。看到老房子，我总感到一种来自生活深处的寂寞。湖边有棵大石榴，有红皮儿的，有白皮儿的。这很真实。可是湖水秘而不宣的神色，似乎隐喻着一个更大的真实。到了湖边，你会感觉没地方可去了。就像有时梦里站在空旷里感到没地方可去一样。上哪儿去呢，我们还没走几步，就老了。世界越大，越感到没地方可去，因为我知道没有一条路可以走到头。我就坐下。就像一个人，在很深的夜里，找不到亮光的地方，只好耐心地在黑影里坐着，把天一点点等亮。湖水也在等待，等待静虚被我看见的一刻。

月亮

月亮刚升起来时，显得很大。清静端稳地屹立在地平线上。这个时候的月亮，虽然还不明亮，但形状是最好的。我喜欢日出的一刹那和月出的一刹那。这种喜欢里其实带着很深的感动。一个朋友在诗里说：月有阴晴心幸圆。是啊，让我感动的是这『圆』。不知为什么，我在『圆』里无理由地看到感恩。圆月，是我枕边书。它在黑暗里、在我睡眠里低语。月亮很快就照亮了房屋、桥头、树木、池塘、道路……它照到高处，也照到低处。照亮大的，也照亮小的。树的影子又稀，又大。尘土静下来，落回地面。月亮也照亮了尘土。月亮还照亮了青草。越微小，就越容易幸福和喜悦。我没有比一棵草得到更明的月光，因此我并不比一棵草富有。夜长了，月亮要在天空走很远、很寂寥的路。我在圆月底下走多长时间，圆月就把我照亮多长时间。我和月亮之间的关系，就是这样。只是我在尘世上走，月亮在天空中走。这是我与月亮的区别。没有太多的不一样。

阳光

阳光明显变亮了，变清澈了，带着宁静且无法捉摸的梦的质地，似乎少了一些什么，又多了另一些什么。这阳光让我想起很久以前的水面，晃来晃去的轻松。我的生活应该松弛、自然、质朴。其实这也就是一种秋天的风格。托马斯·卡莱尔说：『人不能永远生活在和他周围的一切形成尖锐讽刺的对比中，它最终必须回到与自然的再次交流中来。』而在明朗温和的初秋的阳光，正是外界最为通透无间的美好时刻。我们可以通过一朵花，把自然看得很美。可以通过一个邻家女孩，把世界看得很纯。下午，走进落叶满地的树林中。心里很平静。但又有一种说不出的极其细小的感动。这种感觉，类似于忧伤，又不是忧伤。更多的天空从树梢上露出来。世界这么静。阳光这么静。阳光呈现出纯粹的金黄色。只有落叶声。杨树的叶子，很大，一片一片地落着。曾经稠密浩大的绿荫，现在变黄了，一点一点回到地上。树林，阳光，落叶，这就是我此刻的世界。一个人不断深入大地，单纯而明亮。生命如此简单。为什么还要寻求更多的意义呢。这说明你已经对生命产生了怀疑，首先就不信任它了。你要做的只是，握一把静美的阳光，静静地守在时间里，你就会看到很多以前你不曾看到的秘密——那些秋天里的细节，生命的细节。

飞蛾之死

那是一个令人愉快的早上，阳光温暖和煦，一杯浓浓的绿茶在书桌上冒着浮白色的烟，躺椅边放着一只硕大的褐色瓷罐，里面插着红黄两色的鲜花，平和安逸印在每一件家具上，送走一个凌晨——自言自语的凌晨，我像一只刚从花房里归来的小蜜蜂，心满意足地打开手边的书，进入上午的半阅读半休眠时辰。（不用上班真是幸福！）

一只飞蛾细微的声响吸引了我的目光，它在我书房的纱窗上扑腾着，从一边飞到另一边。

说它在飞真是非常不恰当，应该说它在不停地挣扎。它弓着背，翅膀上那些模糊的花纹像睁不开的眼睛显得非常累赘和沉重，但是它努力地昂起头，极其倔强地蹬着几只小腿，努力想让翅膀处在飞舞的状态。小飞蛾艰难地扇动着翅膀，在玻璃窗上滑动着，好像在竭力回忆昨晚的舞蹈，可是却怎么也无法踩出正确的舞步，所以它此时的足尖是那么凌乱和无助，舞姿显得如此僵硬和笨拙。它跌落下来，可是又马上挣扎着张开翅膀，想继续它的『飞翔』。一会儿，这只小飞蛾停止了扑腾，伏在窗台上一动也不动。

『它死了吗？』我靠在躺椅上，惦记着这只偶然闯进我宁静上午的小飞蛾。显然我是错了，它在积蓄力量。

当我靠近它时，那些细小的腿突然又一次蹬腾起来，而且比刚才更加疯狂和激烈，好像是抗议活动中演讲者那最后的振臂呼喊。这一次它终于飞了起来，好像已经摆脱了一双巨手的牵制，逃出了那一片阴影一样，但是很快它的翅膀无法抗拒地垂落了——

它掉了下来，细小的脚在空气中微微地抽动几下，然后一切都静止了，飞舞、挣扎还有抗拒。

我明白：这静止意味着死亡的来临。小飞蛾松弛地躺在我的窗台上，随即它的翅膀变得僵硬。这几分钟内，我目睹了它的死亡，不，目睹了一场抗拒死亡的战争。

飞蛾现在已翻身极其优雅地躺在那里，一付无怨无悔的样子。

我不知被什么吸引住了，看着这只微不足道的小虫子，再看看阳光下的天空，天空下的一切依然祥和，明媚和愉快还在物我之间流动着，在窗帘的皱褶里微笑；鲜花还在清冽的水中绽放，桌子上的书还在窃窃私语；那杯绿茶依然温热，等待着我……对它们来说是一切都没有发生？这个安静的上午和昨天上午没有什么不一样。

我觉得很忧伤，不是为了这只小飞蛾。

阳光无声温和地洒在窗台上，也洒在小飞蛾的身上，我总觉得在这温柔中有一种巨大的力量存在，使这种祥静和愉快都透射出无动于衷的、冰凉的光，像一只漠然又威严的眼睛，洞察着一切，掌握着一切；那巨大的力量随手都能从这祥和之中摘走一个存在，像我们掸去袖口上的一粒灰尘，然后露出胜利者的微笑。

小飞蛾躺着，那些刚才还强烈对抗过死亡的小脚，现在柔软地被微风吹动，显得那么柔顺，是否在告诉我们：它已经认识了死亡？

冬姨与越剧

春节回温州，听妈妈说冬姨疯了。冬姨是我外婆干儿子的前妻，我应该称她为冬莲舅母，可是我从小却一直称她为冬姨，因为我把对冬妮娅的想象全寄托在冬姨的身上。那时我还不懂爱情，也不懂女人的妩媚，只觉得冬姨长得很好看，一种不属于人间的美。现在想想冬姨长得非常古典：瓜子脸，丹凤眼，鼻梁又细又挺，那个年代极少有人留指甲，可冬姨留着长长的指甲，且修得尖尖的，使她的手更显修长。

冬姨是个戏子。妈妈总这么说冬姨，我听得出妈妈不喜欢她。

因为冬姨离开了舅舅，她跟她的师哥走了。可是我却暗自替冬姨高兴，因为我一直觉得舅舅配不上冬姨，其实我一直没有见过她的师哥，后来在看《早春二月》时，我就把冬姨的师哥想象成那个穿着长衫的、忧郁的男青年。后来，冬姨又回来了，带着她四个小女儿。于是冬姨就和四个与她长得很像的女儿一起生活。她们安静地生活在自己的世界里，四个女儿美丽又文静，像夏季里的茉莉花。冬姨常常会让她们扎上相同的蓝色蝴蝶结，穿着裁剪得很合体的衣服出现在街上……冬姨成了许多道德之手的指向物，因为她静如秋水般的生活，不符合人们对几度离婚的女人的悲剧设想：她的生活应该是凄惨的，她应该蓬头垢面，应该像风干的仙人掌耷拉在衰败的墙头。有次我曾去看她，觉得冬姨比以前更苍白，像蜡烛似的，呈现出半透明的光。眼光显得迷迷蒙蒙、躲躲闪闪的，像一潭清澈的水不安地摇来晃去，不过她依然挺着典雅、温情的脖颈，她的手指依然显得修长而且白皙。

冬姨是唱越剧的。

这个假期里，我在一家疗养院里再次见到冬姨。冬姨安静地坐在冬日的阳光里，隔着明亮的玻璃，我看见她的眼睛像冬日阳光下的下午一般宁静，她就是冬日阳光下的一段时光，随着日头的移动，静悄悄地走成残阳。

一只银灰色的录音机正放着一曲越剧。阳光照在白色的床单上，反射的明亮给录音机幻出一道光环，像个天使。

越剧咿咿呀呀的唱腔在响，一句连着一句，声声断断，断断声声……那迟迟疑疑、细细碎碎的声音，缠绵、曲折……越剧是少不了胡琴的，婉转着，慢慢地绕过去，绕过去，再拖一个慢板，方才渐渐隐去，宛若掩卷后的哀叹声声。冬姨的手指在某个唱腔里颤抖了一下，渐渐地如莲似的开放——那依然白皙、修长的手指！

我突然想起了『爱情』这个词，在越剧的气息里抓一把空气都能拧出水分来，暧昧、潮湿、阴柔、幽怨。舞台上，冬姨在胡琴的余音里缓缓地转过她的脸，一张盛妆的脸，还有那薄绸层叠的细腰，盈盈一握。色彩鲜亮——翠绿、湖蓝、绛紫、粉红、橙黄……它们纠缠在一起，压抑着云一般的莲步、水袖里柔荑的兰花指，羞涩和腼腆的眼神……强烈的反衬，唤醒了我们对悲剧的审美趣味……幽微，伤感。

听外婆说冬姨是唱青衣的。『青衣是接近于虚无的女人，青衣是女人中的女人，是女人的极至境界』(毕飞宇语)。当爱来临时，青衣就像那两管妩媚的水袖，在灯光下舞成一朵雨做的云，她清澈，浑身骨骼都变成雨水结成的晶体。青衣的水袖是灵魂，招招式式，柔媚相济，情意相融，细入巅毫，秘而不宣。青衣是江南烟雨里的一管箫，当青衣的水袖飞起来时，一种挡不住的柔情盖过去，像临墨的宣纸瞬间就变得迷迷蒙蒙——像不像爱情？还有青衣的莲步，轻移脚尖如初秋里黄绿相间的树叶，迟疑着不肯落下，却又不得不落下的那一满怀的犹豫与缠绵——像不像失恋？当一个女人投了青衣的胎，如何能逃离这水袖与莲步的命运？青衣就是那朵被称为蓝色妖姬的玫瑰，像是怕惊醒了一片正在做梦的爱情，偷偷地从这儿移到那儿，轻风细雨，嫣然百媚，孤芳自赏，最后风化成透明的碎骨。

冬姨也许就是这朵蓝色妖姬的现世托身。

听母亲说：冬姨是在唱杜十娘时才发现师哥的爱情已经转移到她小师妹身上，唱完杜十娘，冬姨就离开了那个剧团。

杜十娘是适合用越剧来唱的。京城名妓杜十娘在书生的贫寒与怜惜里萌发出美丽的爱情，用自己多年青春的积蓄赎回自由身，随同书生下江南。她一路上做着和书生相依为命、共筑爱巢的梦。在扬州的一艘画舫里，她得知书生却把她转卖给一个富商做妾，杜十娘抱起她的百宝箱——那是她前半生的羞辱与后半生的希望，站在画舫的舷上，幽怨地回眸对书生说：『你，你，你……』当她说到第三个『你』时，纵身跳进了冰冷的湖水。我想冬姨在离开剧团时肯定什么也没说，连这个『你』字也没说，她用自己的背影说话。

我静静地听着房间里冬姨和着录音机的曲调轻轻的呢喃声。越剧，好比江南幽长曲折的小巷，水乡里的一个水淋淋的梦，软糯，阴柔——烟一样的衣着、水一样的妆；慢板的鼓点、悠扬的丝管、吴侬的软语，消磨了故事中所有的棱角，甚至连欢乐的节奏也被消磨了，变成了一种纯粹的吟唱、一曲千回百转的咏叹调。

『她是不是还在独自唱着杜十娘？』

听表妹说，自从冬姨生病后她们再也不让母亲听杜十娘了，那么冬姨肯定在听《红楼梦》，或者《梁祝》《白蛇传》，也许是《牡丹亭》《桃花扇》。她们都是适合用越剧来唱的，那咯血葬花的林妹妹青丝白衣斜卧病榻：『如今是知音已绝，诗稿怎存呀！把这些劳什子的断肠文章付火焚吧……』还有《梁祝》，越剧来演绎《梁祝》才是最完美的。梁山伯终于迟来了一步，楼台会中，祝英台对他泣道：『爹爹已把我许配给马家啊……』真是千回百转，柔肠寸断。还有那条多情的白蛇，把爱情修炼得像深山里的千年灵芝一样，连经脉都打着馨郁的结，在一个下雨的日子里，突然降到凡尘，让江南的山水柔顺了千年，缠绵了千年，泪滴了千年。

这个冬日里，冬姨裹着素花袄、抱着暖手的水杯，望着窗外的细雪与寒风，像一道从书香门第里移出来的古屏风。她长久地沉于那失恋似的韵味里，多少故事隐藏在这断断续续的声音里。我在冬姨的脸上读不到任何爱与恨的信息，但又分明看到这张宁静的脸上复合了她的师哥、小师妹的脸。那些爱抚的夜晚，思念的凌晨，还有漫天飞舞的爱情与冬眠般的幽怨，与冬姨身边的人似乎都自以为了解她的经历与故事，其实不是。这几十年爱的降临与消失，在冬姨的内心濡染了怎样的颜色？处女红，灵空绿，童真黄，圣洁蓝，虚幻紫，迷茫灰……也许它们正是越剧的颜色，冬姨就是用一生的精气吟咏了越剧的曲调，描绘着属于她自己的越剧色彩。

越剧，真是人间所有爱情与失恋的绝唱，冬姨是这首绝唱中的一枚小音符。见到了冬姨，可是我却没去惊扰她。

『别打断回忆！』女诗人狄金森这么说。看着冬姨忧郁的手指触须般颤动着，我放下带去的香水百合，悄悄地离开了她的病房。开车送我去的朋友大为不解。在返城的路上我把冬姨的故事讲给他听，他问：你同情她吗？我怅然地笑笑，什么也没说。

同情？冬姨肯定不喜欢把她玷污成一出悲剧。爱的绽放与凋谢都是不可言说的幸福，于是她选择了缄默，选择了一方净土，把自己一生的美丽都凝结在这双超脱凡俗的手上，像一枚温润的玉。我的那束淡粉色的香水百合，就是献给这双不因时间的流逝而粗糙的手，献给我少年时期美的图腾，献给横亘时空的爱，献给所有历经艰难却依然相信爱的心。

祖屋的眼睛

我的祖屋至今还站在鳌江江畔的平原上，它等待我的凝望已经等了两百多年了。

我八岁时曾经去看过祖屋。在八岁女孩的眼里，一个城市小女孩的眼里，这些黑黢黢的房子，实在是太大了，大得让她难以亲近，甚至留下恐惧的记忆。（后来我看《雾都孤儿》，这是第一部让我感到害怕的电影，当时就想起平阳的祖屋。）

姑姑在《可爱的家乡》里这样写道：『我的家乡是一片平原。远处有山有海，近处有河有田，稻田与稻田之间有疏疏落落的房子，自成一村庄。』『在空旷的原野上，排列着五排朝南的房子，每排一律九间，都是一样的格局。每幢房子前面都有很大的场院，铺着青石板，我们称它为稻坛。』这就是我的祖屋，飞檐雕梁、青瓦褐门，五幢房子坐落在一片稻田的中央，远处的房子小得像火柴盒，几条小路在稻田里蜿蜒着，像房子的触须；每排房子的正中一间开着四对落地的木门，雕着云纹花鸟图案，高高的门槛，榫头吱咯吱咯作响；堂屋正中有一道屏风，雕着许多栩栩如生的古代人物，几幅画组成一个关于忠烈孝廉的故事；三对几椅认真严肃地摆在堂屋里，一对正坐两对侧坐，和我们现在看的古装戏布景很像；绕过屏风到了后堂，也摆放着三对几椅，只是比前屋小了一号；走进后堂的边门，就会看到巨大的土灶、大铁锅、大火钳，都是我前所未见的，还有灶爷的神像，它们色彩鲜艳，在黑乎乎的灶间里显得特别的夺目；黑咕隆冬的楼梯也在后堂的边屋里，脚踏上去发出『空、空』的声响，它们通向阁楼；后屋有两扇大木门向后院开着，木门非常沉重，八岁的我推都推不动；站在后堂朝两边看，如果所有的门都开着，就能看到木门串着木门，房间串着房间，隧道似的幽暗，发出终日不见阳光的霉味。

留在我记忆里的是：一个小女孩，红衣红裤，欢快地在庭院的青石板上跳跃，小手不断地转动着咯吱作响的大木门。站在高高的门槛外，怯生生地看着槛内雕花屏风，看着看着，屏风上的那些古代小人好像动了起来，吓得我扭头往大院里跑。我喜欢院子，院子里的青石板一块连着一块，青石台阶缝隙里的枯草在风中摇啊摇，空气里有稻草灰的辛辛香味……可是我却不喜欢房内的昏暗，当我走到后堂时，朝两边一看，那些层层叠叠的房间，似乎在对我招手，我总觉得每个房间里躲藏着无数小昆虫，它们在板壁间窸窸窣窣述说着什么，为此夜晚我睡在床上也是胆战心惊的。那年爸爸没有对我和姐姐讲祖上的事，我只知道太公去世后，大爷爷住前面，我爷爷住后面，爷爷把最后面的那幢房子分给了爸爸，爸爸很早就离家求学，继而参加了革命。我幼小的心里为爸爸出走而高兴：幸亏爸爸很早离开这里，要不然我岂不住在后面那黑黢黢的房子里？

三十年后，当我再一次走进祖屋时，再没有小时候那种惊慌失措的心情了，而原来祖屋的气势恢宏、神秘莫测也在心里消失得干干净净。只是院子里的青石板依然闪着不可磨灭的光，祖屋却势不可挡地衰败了。其实这衰败不是这三十年中发生的，随着它一次次送走我的亲人们时，衰老就浸入了它的骨髓，只是年幼的我看不懂而已。

站在青石板上，我久久地看着祖屋的飞檐，心情像冬季的天空那样低沉。五幢房子依然矗立在鳌江江畔的平原上，远处高高低低都是小洋楼，在琉璃瓦的光芒里，祖屋像个贫病交加的老妪，我看见了飞檐上的一双眼睛正缓缓地睁开！

是祖屋知道自己将被平原上的风吹去而努力睁开自己的双

眼，还是岁月的双手拂去我眼前混沌的雾，让我读懂了一种古老和忧伤的言语。我一步一步走过磨得锃亮的石板，推开倾斜但依旧吱吱作响的木门，跨过那高高门槛，小心翼翼地踏上木楼梯。阳光穿过木格子窗，牵着我的脚步走进尘封多年的房间，板壁间的小虫子还在窸窸窣窣地讲述着，我听懂了三十年前没有听懂的故事，关于生命和死亡的故事，关于生活永恒的故事。

在这个冬日的下午，阳光在大风中变得很稀薄。我凝望着祖屋的双眼，它们在青瓦上的枯草间闪动，向我及我身后的岁月注入巨大的关爱与希望。我的心渐渐地温润起来，祖先们的生活，那些我没有经历过的一切，在我的体内如血液般缓缓地流动起来——我祖先们的生命在我的内心复活了！两百多年来，我的祖先们在这里完成生生死死，它是这么顽强地把他们的故事保存在自己的怀抱里。现在唯一还住在里面的一位姑母，会指着一块石头、灶前的一只条凳、一张大床……喋喋不休地讲着它们曾经和某位先人有关的故事。

『你太公中举人回乡时，就是踏着这几块青石板进屋的……』『你祖母总在这镜前梳头，那头发是黄车堡最漂亮的，可怜她死时才三十六岁……』

生命的死亡与延续像两股神秘的气流穿过我的双脚，在我的体内细密地交汇融合。我不知道是我在缅怀我的祖先，还是祖先们在我的注视下纷纷越过时间屏障，活生生地在我的身边走动。在祖屋的眼睛目睹了祖先们两百多年的生活，看到同样的生命以不同的方式演绎着，执著地追求着生活的丰富和圆满，述说着生命的脆弱与美丽，瞬间和永恒。

祖屋可能要拆迁了，据说一条高速公路要从这田野中穿过，我的祖屋失去了存在的理由。也许它知道自己行将消失，它满眼是哀伤的光，会有多少记忆也随同消失呢？风从屋檐下吹过，我又听到一阵窸窸窣窣的声音，若隐若现的那些音容笑貌，从每一扇木格子窗里飘出。我踏上摇摇晃晃的楼梯，脚步声显得很夸张，它好像不是我发出的，而是来自遥远。我觉得非常孤独与无助，不知该如何把这些窸窸窣窣的声音刻在生命的密码上，以获得一个孤单的灵魂不再是孤单的证据，获得还有许多生命和我戚戚相关的证据！咽喉处被一股温热与痛楚堵塞着，心中的话语却像扶摇而上的风。我流泪是因为我希望祖先们能牵住我的手，让我感受生命之链环环相扣。

祖屋是他们活着的载体！但愿祖屋的飞檐永远展翅待飞，雕梁上的荷花一直飘香，青石板永远光洁，能记住我的脚步声。但愿祖屋的眼睛里会有我的泪水和笑意。

她与波塞利的歌

我的同学，一位独身的幼儿园老师，给我寄来一张卡片：一幅淡淡的水墨画洇在灰白之中，一帆孤桅隐隐绰绰地在水天相连的地方飘荡，边上她写了几行字：『祁，我患了癌症，不知还有多少日子等在前头，以前我总是说：我什么也没有，只是时间很多很多，现在离死竟是如此的近，近得我都无法想象接下来日子是怎样的形状，以及如何把这些日子和以前的生活联系起来，现在到底是活着还是已经死去？……』

她从初中到高中一直和我同桌，后来进了同一家纺织厂，她在设计室我在技术科，有两年的时间我们总是坐在面对面的办公桌上吃中饭，直到我到党校读书。一个非常内秀的女人：听克莱德曼的钢琴曲，读小说、读诗歌，喜爱张爱玲，我看着她从少女变成一个失去青春年华的女人，没有人爱过她（至少我是这样想的）。因为她从来就没有美丽过，不是说那种光彩照人的漂亮，而是女性应有的风彩，永远一幅发育不健全的样子，像一枚刚长出青涩的蕾，没有等到『含苞』、更别说『待放』了，就势不可挡地衰败下去，用毫无光泽的青黄色走完了一个女人该美丽的路。

我拨通她的电话，声音和往常没有什么不一样，听不出『癌症』的气息。我不知自己该说点什么，说什么都显得很不真实，因为我知道她比一般女人都优秀：内向、平和，与世无争，我们之间不需要『人间常情』的劝慰话语。电话里传来一阵音乐，像背景似的非常舒缓。

『我好像没有什么牵挂，但是我依然渴望活着……』她讲话的节奏比以前慢些，但依旧波澜不惊。

『是波塞利？』我如何和她谈活着或者死去的话题呢？于是问她那背景的音乐。

『是波塞利，在他的歌声里我想我能安心地去死……』

安德烈·波塞利，一位用灵魂唱歌的盲人。多年前我看过他的一张照片，安详、宽厚的脸上那双失明的眼睛总是轻轻地闭着，无限沉醉的微笑，像一个正在捕捉风中花香的诗人；南美古铜色的皮肤，非常男性化，但是脸部线条却异乎寻常的柔和，带着婴儿般的纯净与甜美。

当我放下电话后，波塞利的歌声从心的深处响起，像原野上由远而近的风声。

那是一个炎热的夏日，大街上到处是一位青春偶像关于心太软的吟唱。在这青春偶像的歌声里，爱情变得像日常生活一样既简单又绵长，而且长青长哀。在密不透气的热气中，有一个清凉的声音好像从一条看不见的缝隙中插进来，我听到了他的声音！雄浑的男高音，从遥远穿透一切障碍，直抵我的耳朵，像是一个深爱着我的人，正用轻轻的却又是深沉有力的声音想把我从昏迷中喊醒。我惊怵地站在车流人流之中，那巨大的惊喜，闪电般地击中我，并从头顶上弥漫开来，覆盖了我，让我忘了所时所在——那声音里有一种让人想哭的真诚与热情，又有无法言说的痛楚：把自己的一切放在手心捧给命运，然后等待上帝的取舍，眼睛里没有一丝恐惧与挣扎，是一颗流尽鲜血后苍白但仍然无声地跳动着的心的痛楚表情。

『看看这世界，带着我们旋转，尽管曾在黑暗之中。看看这世界，为了我们旋转，给我们希望和太阳……』

波塞利和荷马一样，用盲眼看见了自然的美。他像修行者一样在黎明里倾听天籁之声，然后开启歌喉，吟咏出我们看不见的希望。如伫立在原野上的大树，如盖的叶冠在风中瑟瑟颤抖，它尽力张开胸怀，想要庇护那些惊恐的麋鹿，失去家园的小鸟，尽管在它的怀抱里只有清风和晨露。

『是的，我的爱，当我们目光越过窗外，当我们在倾听天空的声音时，这个世界一直为我们苏醒着，尽管我们会像这个夜晚一样远去，然后离开，但是我们曾经看到过……』

我觉得刚才在电话里听到的应该是波塞利的那首《我们会离开》，所以她说：在他的歌声里我想我能安心地去死。她似乎在波塞利的歌声中，找到死去的理由。

一个人在等待死亡时，会做些什么？如果我被告知：我只能活几个月或几年，我会为自己做些什么？为死亡寻找一个理由，为那个未知的世界设置一个理想的家园？还是只活在活着的时间里？

『现在，冬季已经到临，冬天以后不会再有春天。明天就是大限，如今还有些延缓的时间。我突然很想探究生活的反面：那经纬，每一根打了结的线，以及仍然吊在架子上的，没有用到的线。』

这是我想做的。

一生，不管时间多长多短，等到尘埃落定之前，我们都有一生的经历可能去思索那些曾经的日子。我现在坐在书房里，想着她的一生：她什么事都做得比较好，却从来没有做得最好，做一件极致的事，做一件让人瞩目的事；她从没有忘乎所以的时候，从不表达自己的心情，特别是忿恨或者失意，现在她面对一步步临近的死亡，也是这样。我不知道她被什么压抑着？她从哪里获得力量？这些是不是比死亡本身更有意义？是不是我过于站在生的一边去看等待她留下来的时间？这显得不人道。

死，太沉重了。隔着电话，隔着纷繁的世界，是无法测量死亡的阴影有多重。也许我现在唯一能做的就是闭上眼睛，和她一起听波塞利的音乐，可是翻遍书房，也不见波塞利的碟片。坐在椅子上，脑海里回荡着那首歌——《我们会离开》。从我在屏幕上敲出第一个字起到现在，书桌上这只乳白色的小电话，好像也一直响着这首歌。

太湖水

初识太湖是在那首蜜糖似的民歌里：『太湖美，美就美在太湖水……』当我把热情一滴滴不知不觉洒在长大成人的旅途上后，换得一个被镂花的果核的身份。突然在一个秋日的下午见到了民歌里的太湖水。怔忡中我听到《杜伊诺哀歌》里那些悉瑟之声——『你听那吹来的/那不间断的、自寂静生成的消息。』

太湖水不属于经验里的美，它站在西湖的反面。西湖阐释着精致、风雅、明亮、优美甚至还有娇艳、妩媚的风骨；太湖全然的静默，茫茫中不显恢宏却带着苍凉的体温，谙知苦难却又把苦难深藏的忧抑。太湖水不荡漾，只静静地打开，如神慈爱的心怀。

太湖是天空深处的倒影，是雨水的丰碑，大地银质的眼泪。

太湖水闪着银手镯似的『静』，这是一种不抱希望的静，是把一切都消融了的静——绝对的清与静。在这样的静里，太湖的水泛着几乎是惊世骇俗的洁净光泽——像猝死在爱情怀抱里的少女的脸。

太湖水是一只生错年代的淡青色的玉镯，戴在拒绝梦想的世俗手臂上，做着非尘世的梦。如少女，要在爱的电流里找回前世的银饰；如记忆，想用蝎子的一螯把黎明唤醒；如尘土，渴望穿过一滴水的表情，并把它的颤动记录在唱片的密纹里……突然有一天她做完尘世的梦，一只玉镯做完了尘世的梦——爱和自由的梦，在江南的风雨中碎骨，消融弥合成太湖水。

那万顷碧波吸纳了人间纯美的故事，我觉得在它变幻莫测的光晕底下，收藏着散发樟木香气的绣花女童鞋、一只退色的绸缎荷包、一鼎紫铜香炉、一把带血的桃花扇……它们来自古朴、温香的乡间屋顶上的炊烟，来自我尚未降临人世时行走的那个夜空，还有那夜空下的星星和微风。还有吗？还有几代人的命运——他们手指的余温、殷切的目光，死的冰凉、生的欣喜，噢，还有我多少散落的长发、零乱的脚印，清晨镜前的梳妆、长夜里无声的温情，多少薄命的亲吻、夭折的抚爱……都沉淀在太湖那无法抵达的深渊之里——这个暂时的、朽坏的尘世复活在水的波纹里，虚幻宇宙化为水的透明。

太湖水是人世间绿色梦想的完成者。站在太湖大堤上，太湖的水像烟一样，从天空降下。这时我有一种天荒地老的感觉！永恒的、神圣的天眼徐徐张开，温和地注视着我，一言不发。在我无限虚空的心怀里，好像印满了我不知的文字，如隔世的经文，呢喃声从温柔的水波里发出，响在我羸弱的心房里。

一个人静默地行走在太湖大堤上，秋天的阳光非常明亮，让我无法正视太湖的光，浑然的太湖水带着忧伤的气息，又呈现出无法比拟的虔诚和沉静，像邓肯的舞蹈——白纱、赤足还有银铃，充满了祈祷与向往；那些傍水而居的芦苇，像千万只祈求的手，在风中、在水中它们舞动着忧伤的灵魂；在天空的指挥棒下，芦苇们向太湖水低下谦卑的头，花絮就是它们的眼泪。霎时我被一种消融的欲望控制着——消融在太湖的水里！会不会找到我温暖的家园？会不会让那绿色的梦开始生长，长成旷野上的那片蓝色的雨，栖身在根须的唇边？让它们孕育成一颗饱满的种子，长成一棵树。它们会茂密成葳蕤的森林吗？能在树的根须间凝出一颗钻石吗？或者像银杏树那样在秋天里结出一串洁白的果子？

当我在雨水中碎骨时，太湖水会吸纳我的生死。千百条银鱼来穿越我的身体、梳理我的肌肤，在它们透明的经脉间，我的血肉和骨骼将被融化成香水百合的汁液，凝聚成一条晶莹的鱼，在水草与芦苇之间呼吸；或者我会镶嵌在太湖的忧伤里，让空荡荡的生明亮太湖，丰盈太湖，在湖底开成一朵玄色的花。

这个秋天我站在太湖边上，太湖水像前生后世的桥梁，缓缓延伸。啊，我该怎样诚实无欺地穿过它？我的灵魂像遗弃在夜晚梳妆台上的银簪，月光投射在它没有温度的身体上，冰冷而又绝望。我看见『消失』正不可阻挡地从湖面弥漫上升，如月下的潮夕，漫过我的脚背、打湿我的裙裾、在我的胸前开出芙蓉般透明的花朵，于是我的长发飞扬，像海底的水草……

日子不断地掉落，像一根根切断的手指，我能被什么照亮？我能回到何处？太湖水深处是一扇生无法抵达的家园之门！那么让我选择太湖的水做我的棺材，让我通过死之门摸到生的奥秘。『我轻轻地来/正如我轻轻地走』，我渴望轻轻地走过去，消失在那一层帷幕的背后，水的背后：不惊动任何一片树叶，不惊动草丛中那些秋鸣的小虫；不惊扰亲人们的睡眠，不惊扰厨房里油腻的碗筷；不惊醒书房里的文字，不惊醒窗帘背后的灯光……甚至不带走一个吻，不，把一切都留在天荒地老的时间里，留在创世后的伊甸园里，让原本洁净的灵魂回到原始的子宫。

水口的童年

我全凭几张照片和那个春天的下午来想象水口的童年。展开对水口童年的想象，以此来怀念水口的宁静与秀美，也以此重写我都市水泥地里长大、没有印记的童年。

老人说：水口有石人石马，我小时候都骑着玩呢……

我是在一个下午去了水口，寻找期待中的石像生，寻找童年骑过的那座石马。春天温柔得像丝绸一样，我迷失在水口的青山中。路边的老人说：过了这个路口往北一里，或者说过了那口水塘往南二里……他们越指点我越迷津，在青山的怀腹里，没有方向。

我怎么转悠也没能找到老人们讲的石人石马，却一头撞进了竹子的声音里。于是对水口童年的第一个想象，在竹林里展开。

山道上寂无人声，我甚至找不到一只问路的小鸟，所有的声音似乎都蛰伏在绿色的背后窥伺着我，像蹑手蹑脚的影子。我不安地走在一条小山路上，紧跟着我的是午后的寂静。突然我似乎听到在这纹丝不动的寂静中有一种声音——潮汐般涌来。不是耳闻，而是心的感觉。周围的空气没有一丝一毫的震颤，而那声音比风的身影更飘逸，并迅捷降临我的头顶，是竹子的声音。……簌簌，簌簌簌簌，簌簌……它们比雨水的脚尖还要细小，无比的清脆、悠远、空灵。我站在竹林里，仰望轻柔摇晃着的竹梢，如此纤细的手指何能弹出这般急促、细碎的声音？我该称呼它们什么呢？记忆里还没有哪位作家为这个声音留下文字。我想：也许它们不属于人间的声音，诗人们忘了为它们命名。

同行的朋友说是『竹涛』。不是『涛』。涛是前浪推后浪的铺排，具有一种排山倒海的气势，是奔跑的云豹起伏的背脊，是壮美，是博大，是大踏步地从天地间走过，还带着席卷的手势。叫『竹音』吧，它们是千万枚松针刚从天池里沐浴完毕，踩着干爽、洁净的足尖，被蓝色月光的手牵着碎步从空中掠过，像蝌蚪急促摆动着的小尾巴；它们是桑叶底下蚕的低语，含蓄、隐秘，内敛是它们的特质；保持着清新、脆弱、远离的身姿。竹音是凌晨的轻风，深夜的紫箫，落叶的脚尖，月夜的薄霜……

水口童年一定充满了竹音。童年是否躺在这个山坡上倾听过它们？也许没有，它们太容易被天真的耳朵忽略了；但童年肯定从它们细小的嗓音下跑过，因为前方或者山后有小伙伴们的声声呼唤，必须急急地跑去，要不然一场游戏的宴会就落下帷幕。知道吗？这些细小的声音已经滴落在童年的头发和衣领上，在不知的岁月里长成日后的恬淡和温雅，它们是夜深人静之时飘过我们耳边的音符，让日常生活保持着青竹的丽质。

终于山道上来了一位老农，才知道我站正在官子山的山坡上，沿着溪涧旁的小路往山里走，就能看到石像生。

蜿蜒小路，落满细长的竹叶，踩过去飒飒作响，宛如神秘的话语。我每一步都走得很精致，希望自己能获得一种似曾相识的感觉，寻找一种前生后世的记忆。好像要在这些落叶的缝隙里，踩出我自己的童年时光，或者丈量水口的童年。

我看见了石马。微微内凹的马鞍妥帖地搭在马背上，似乎正承载着童年小小的身体。它娴静，甚至有点华丽的后腿，透出一种养尊处优的慵懒与缓慢；马鞍很柔软，像一只温暖的小床。这不是一匹奔跑着的马，和战争无缘，也毫无激情。很久很久以前，它在黄昏散步的途中，听到从竹梢间撒下一片声响——几乎就是天籁，便怔怔地收住脚步停了下来，似乎它降生人间的所有意义在休止里凸显出来。这一停呀就停了几百年，多少个春夏秋冬，童年闯进它的生活，骑在它背上时，就把体温——阳光与芳草的馥郁——留在它冰凉的肌肤里，那马鞍柔和的弧度永远记着自由欢乐的童年，鲜艳明快的童年。

我前几天看一部法国的影片——《流过岁月的河》，讲法国南部小乡村里的两个男孩子成长的故事，很优美也很伤感。他们在大峡谷的急流中钓鱼，银色的鱼线在蓝天碧水间闪闪发亮，一个弧线，再一个弧线在空中飞舞，像他们稚嫩的翅膀，缓慢地飞进山水树林之中，画面透露出一种我无法言说的温馨。他们跑过湿润的石头小路，夕阳把他们的身影拉得长长的，像一只挽留的手；可是他们必须急急地跑回家，晚风已送来母亲的呼唤。一个春夏之交的下午，他们脏乱的头发枕在青草上，弟弟问哥哥：你长大了想干什么？哥哥说：我想读很多书，然后当牧师。哥哥问弟弟：那么你呢？弟弟想想了很久，说：我想一直在这大峡谷钓鱼，钓到一条最美丽的鱼……这让我马上想起水口，想起水口的童年。

青山秀水里的童年，是寂寞，是丰饶；所有通向世俗的门都关上了，只充满了神秘的自然之音，它是孕育幻想的摇篮。在那些童年的岁月里，能触摸到大地的脉搏，在单纯的肩膀上也长着稚嫩的翅膀，想飞的翅膀。

山里的童年在某个下午会显得孤单与寂静，呈现出悠远，这有助于童年的内心某种美好禀性的苏醒：比如怜悯、善良、敏感、温柔、细致，还有缓慢……它们是日后温和、淡定的根，它们生长的泥土与水分。下午是一个神秘的时辰，水口的童年肯定不需要午睡，没有一位严肃的幼儿园阿姨，一边打着毛衣，一边监督着童年的眼睛是否闭上。整个下午的时间都属于自己。温和的下午，是多么的悠长与缓慢，有那么多意想不到的秘密，在下午的时间里向童年展开。信手拈来：溪涧里的一枚小石头、路边的树枝、泥土里的昆虫、也许还有小鸟；水口当然少不了那些随雨水而来的春笋，它们洁白的身体藏在脆弱的衣裳里，童年探望过它们的秘密；还有什么伴随水口的童年？石马、石羊；茶园、泉水……童年有没有把它们放入美的神龛里朝拜？噢，那时候肯定没有。太多的美只能等到我们返回时，在过去的时光里才露出它们远去的身影，让现在的我们热泪盈眶，返回的路程也是我们修复曾经被自己遗漏的生活轮廓的过程，返回是人人的梦想，只是总被世事耽搁。

水口的童年也在我归程的起点落下帷幕；下次返回，我还能找到这起点吗？但愿能。

水的翅膀·古桥

长兴在江南水乡的家族中，身姿总是显得寥落。但太湖水仍滋养着长兴的半壁阡陌，于是乡间也是河道逶迤，留下了许多建于各个年代的古桥，这些古桥静静地卧在岁月的风雨中，成为今天我们解读山水的一本无字书。

太多的古桥，我们已无法考证它们的年代与背景了，只要你走进临太湖的乡村，河湾、溪涧、水渠依着柔软的小泥路，时不时会有一座古老的石桥、竹桥或木桥，它们被时间遗忘在清凉凉的水面上，那些尚未被风雨剥蚀的凿纹裂痕，显露出它们苍老的身姿。

现存知名度最高的古桥，是夹浦镇的鼎甲桥。它像一首去掉了所有华而不实的修饰，语言达到最高纯净度的诗歌，简洁、精练。鼎甲桥单拱、石砌，甚至连护拦也省略了。优美的拱身伸出修长的手臂，挽起两边农田与房屋，宛如一幅单纯的水墨画。唐朝诗人陆龟蒙当年隐居横玉山，鸢飞草长的三月他踏上石桥，绵扇轻展，一行行诗歌滴落在水波里，流成了一条清冽、浏亮的河，让两岸的乡民们做了上千年古色古香的梦。鼎甲桥虽历经重建、维修，现存的是明代所建，但它极富古韵的身姿依然保持着唐宋的风骨，仿佛是越剧中走出的才子佳人，迷离而又美丽。

光阳桥南北向傲居，桥面石刻的祥云如莲花似的开放；沉稳的单孔高高拱起，几棵挺拔的水花、一座清代凉亭护翼两侧，树、桥、亭一气呵出江南水乡雅致、清淡的风韵，但因它依傍着南朝皇帝陈霸先的故居，于是在其古朴间就透出一股帝王的气派。河岸小径蜿蜒近百米，光阳桥君主一样气度不凡地端坐尽头，等候着行人们的朝见。陈霸先的后裔们年复一年在这里祭先祖、赛龙舟，当那条皇袍似的龙舟从光阳桥高大桥拱下经过时，南朝皇帝是否会君临桥头，倾听子孙们的祈求呢？春风冬雪之际，站在桥上放眼望去，农田水渠、白墙乌瓦和远处的高速公路连成一片，低头是河面清波盈盈，水草涟涟，时光隧道纵横交错。古老的石桥庄重、无声地卧在缓缓流动的河水上，见证着岁月的沧桑和曾经的荣耀。

据史书记载，早在八百年前的南宋，长兴就有众多桥梁，建桥的历史绵延千年，河道、小桥与农田、桑园、小屋对影成景，河连桥路，颇有『垂虹玉带门前事』的风姿。如今年代久远的、有记载的古桥大都倾圮，现存多为明清各朝所建、风格各异的石桥为主，有单孔、多孔拱桥、梁桥等，拱桥弧线高耸、梁桥结构古朴，配上富有节奏感的栏杆、横梁、精美的石雕，造型美观、变化起伏，它们掩映在农田村落、天光水影之间，像一首烟岚中的民歌。

畎桥、蒋婆桥、锁界桥，它们或单孔或多孔，或拱或梁，虽经风雨侵袭，四处长满青苔和芳草，但至今仍岿然不动，从容不迫地守护在川清水秀上。大乌桥、小乌桥相隔五十米，形同手足，桥上的石狮遥遥相望，眼眸相交处响着南太湖小船晚归的歌。也许它们没有断桥的爱情，没有廊桥的遗梦，但每座桥都有独特的故事，像经典电影的画外音：讲述着它们目睹的悲欢离合、聚散流逝。拾级而上，手抚石狮、石莲瓣，即使你没有听过任何关于它们的传说，遥远时间里发生过的一切真善美的故事都纷纷返回你的心间。也许乡间太平静了，河水也格外的平缓而沉静，即使坐在通向河面的石阶上，也听不到流水声。狭窄的河道两边是矮小的住宅，长草的黑瓦，临街敞开的窄门，灰蒙蒙的小窗，还有房前桥边慈祥的老人，他似乎终日都坐在那里，花基上放了一台旧收音机，咿咿呀呀地发出不真切的声音。春去秋来，时间真如圆圈一般寂寞单调。这些散落在乡间的古桥，成了无穷无尽的时间的代言人，被定格在没有尽头的时空里，在江南为水做着飞的梦想。

容颜会老，韶华易逝，古桥也是如此。它们有风华正茂之时，也有晚歌呜咽之日。能存留至今的古桥，一般都是石桥。这些石头的翅膀呀，在自然之手与人类意志面前，脆弱得像一只纸鹞，几百年飞翔的身姿，会在某个飘雪的清晨或落叶的黄昏，『咔嚓』一声断了。五里桥消失了，州桥消失了……它们被时代放弃了。我们能不能停下脚步听听它们的叹息？古桥把对生命的理解化做草木蔓藤，遍布在石头的躯体上，像绿色的血管。当石桥上的云纹沉入河底时，有一朵水花便是它们的眼泪。它们或许会因为晨光中一声久违的牧笛而醒来，发现自己刚刚做了一个长长的梦——凌空飞翔的梦。当我们伏身水面时，该掬起这水淋淋的梦想，为江南的水乡守住『小桥、流水、人家』的诗意！

水是江南脉搏里的血液，因为水的清澈与流淌，江南的肌肤才凝脂般丰润。俄罗斯流亡诗人布罗茨基说：『水是时间的形式』，那么桥就是时间的留言。当水像时间那样流向远方，流进幽深时，古桥化为水的灵魂，在此伫立，凝视，守望……

年岁遗风

留在年岁里的遗风是什么？是我们祖祖辈辈的祈求与心愿。当无数个千篇一律的日子堆积在生命中时，我们的祖先如何让对日子的期望年复一年地返回？于是岁时孕育而生，它们是时间的另一种立法。在节气的指挥棒下，人们把渴望生活美好、安康的心愿编织在精心挑选的日子里，它们是中华民族生活观念与价值理念的自由结晶，是芸芸众生在循回往复的日子里构建的世俗天堂。这些年岁遗风经过千百年时间的洗涤，流传成民间的传统节日，让百姓的日常生活在这些日子中呈现出神性。

长兴的年岁遗风，和江南风俗同脉而生。春节是我们最隆重的传统节日。春节又称过年，从农历十二月下旬到翌年年初，它是所有传统节日中时间最长的佳节。腊月二十三人们就拉开了过年的序幕，这一天家家日夜祭灶神，俗称『送灶』。农家用米粉做成灶圆子、蚕丝、蚕茧、元宝等用来祭神，祈求来年蚕茧丰收。其间还流传着这样的习俗，用糖涂在灶神的嘴边，以求灶神『上天言好事，下界保平安』。即日起家家扫尘掸灰，『拜五圣』『请利市』，大小年夜祭祖。农历最后一天是除夕，除夕夜合家欢聚吃年夜饭，长辈给小孩红包，称之为『压岁钱』；饭后扫院挑水，做糯米团子；除夕夜家家都『装年饭』，用新淘米箩盛满米，放上粉制元宝、青松柏、红绿色百果、花生等，再用红丝棉稀布，象征新的一年里粮食满仓、招财进宝、万事如意；当晚供果品、贴门联、童子提状元灯，热闹到子夜方才休息。大年初一，全家老少着新衣，先放百子炮，再开正门；然后全家喝糖茶、吃团子，意寓『团团圆圆』『一年甜到头』。正月初五接财神，当夜鞭炮齐鸣，各家祈求新的一年里财源滚滚。从年初一开始，亲朋好友之间先长后晚，来往拜年，恭贺新春。

春节喜庆的帷幕还没有落下，正月十五元宵节就接踵而至。元宵节称为『闹元宵』，春节的欢庆在元宵夜达到了高潮。百姓的心永远是朴素的，他们相信心中的神能够帮助实现他们过上好日子的愿望。于是他们会在元宵——这个美丽的节日里欢天喜地热闹一番，将对神的崇敬和自己的欢乐用古老的方式交织在一起。灯会、灯谜、调龙灯、吃汤团，随着那声声鞭炮和锣鼓，喜庆的节日才渐渐离去，新的一年开始了。

我们的祖先在与天地万物长期相处的和谐交融中，崇尚周而复始的生命循回观，所以把一年中最美好的时光留给清明节，一个祭祖扫墓的节日。长兴在清明节延续下来的习俗中有清明节前后二日备菜肴、香烛、冥钱上祖坟，在坟上加土、鸣鞭炮等，人们相信亲人去世了，却以另一种方式伴随在自己的身边——存留在大家的记忆里，活在与现世息息相关的日常中。山间上坟祭祖的仪式，是叩响亡灵之门的手指，向逝去的亲人传达深情，同时祈求亡灵的保佑。清明节时家家吃粽子、熟藕，结伴踏青寻春。春天永远是江南的身影，人们多想把春天里的每个日子都变成节日呀。二月二农家下瓜种菜、三月三听蛙声卜水旱，伴随着这些农事的来临，乡间吃年糕汤、戴篷头花、煮芹菜饭，人们尽情地接受着春天的馈赠。

立夏是炎炎夏季的开始，在初夏的时节里，长兴有用各种各样的瓜果香草滋养身心的习俗，期盼这些芳菲的汁液能帮助人们平安度过燥热的夏天。立夏吃樱桃、煮嫩蚕豆尝新；乡间有午后称体重的习俗，相传可让人免患疰夏。四月初八吃乌米饭的习俗一直延续至今，这一天南烛草摆得满街满巷，人们用南烛草汁染糯米，烧得的米饭乌黑锃亮，称为『乌米饭』，流传食后整个夏天都不怕蚊虫叮咬。五月五的端午节是草香沉浮、龙船竞渡的时岁。人们用艾叶熏屋，房门上挂野桃条、菖蒲、艾叶等，喝雄黄酒、吃绿豆糕、咸鸭蛋、黄鱼、鳝鱼和芦箬粽子；小孩胸前佩带形式各样的艾草香袋，也有戴虎头帽、穿虎纹衣，祈求安康祛邪；节前晚辈须向长辈赠送绿豆糕，长辈要向新婚晚辈赠送凉伞等，经过与芳草相伴的各种岁时，人们似乎荡涤了蛰伏在身体里的『五毒』，能无比洁净地送走江南阴霾的梅季，迎来炎炎夏天。六月六为天贶节，这一天家家户户曝蓑笠、晒书画，以应一年之候，让农家书香带着阳光的气味定格在江南水乡里。

酷暑，人们把节日给了阴凉的地宫。七月十五中元节，相传为地官赦罪之时，民间俗称为『鬼节』，善良的人们相信我们的时空是一个阴阳血脉相承的时空，两个世界共享和分担着祸福皆有的离合悲欢，所以这一夜有放焰口、放河灯；烧冥钱、插地香的风俗，祈求离世的人们获得安宁。八月十五中秋节，是所有岁时中最美丽的节日。皓月当空之时，正是秋风菊香之际，人们赏月吟花，习惯吃鲜藕、水红菱、柿子、石榴、黄蕃瓜、糖烧芋艿等，向长辈赠送月饼，表达美好的祝愿。那一轮满月，载满人间平和、安康的心愿。

小阳春是立冬前一天，这一天人们用野菊花、金银花、茄根等煮汤沐浴，用这清凉的汤汁把秋老虎降伏，称为扫疥除疮；长兴民间还有小雪酿酒的习俗，届时酒香飘逸，不知醉倒多少浮云？冬至是一年中最后一个岁时，被称为『亚岁』，家家户户做熟米粉拌沙团子，即『冬节团子』，寄语着终年圆满。民间流传着这样的俗语『冬节团子年节糕，清明粽子稳牢牢』，期盼日子丰足、源远流长。送走冬至，在漫长的冬季里，人们在屋檐下、火炉旁盼望着还没有到来的春节。年岁，是芸芸众生的生活之链，它们环环相扣，把平凡的日子串成绚丽的生活之环。

乡间小城，古风总会相对保持得纯粹些。在这些年岁遗风里我们仿佛看到细小的生活缓缓地流淌着温馨的意义。正是这些山野乡村中的一次次庆典，组成了我们这个千年古国的文明，这里有淳朴敦厚的梦想，而且它们带着新的希望，变化着身姿走向未来。

远古的回声：土墩墓

土墩墓是吴越文化史册上神秘的一页，是遥远年代里的人类留在大地上的声音。长兴的土墩墓主要集中在绕太湖西南岸的山峰分水线上，汇聚了苏、皖、浙一带土墩墓的各种形式：土墩石室墓、土墩石床墓、土墩土坑墓等。从西周到春秋战国时期，我们的祖先择水草而居，当生命终结时，把死托给山岗的分水线，把背影永远留在阴阳两个世界的交叉线上。

弁山，保存着较完整的西周、春秋时期土墩墓墓群。它位于长兴县城东南方二十多公里处，山峰交错，山峦叠嶂，远远望去，山脉轮廓柔和，起伏舒缓。山脊或山顶的分水线上，一座座土墩明显隆起，墩随坡走，坡缓墩密，坡陡墩稀。它们点点滴滴，像一部庄严乐谱里的音符，在蓝天白云的指挥下跳动。登巅北眺，太湖水在天地间『烟笼寒水月笼纱』，宛如一个未知的、遥远的世界。山上树木稀疏，芳草遍坡，岩石裸露。在弁山赵家桥总长不足五公里的三条山脊上，就有土墩墓一百多座，当风从山岗上吹过时，墓葬群传出一种沧桑悠远而隔绝尘寰的气息，并迅速填满我们的心胸。

踏上山梁，就是踏进了三千多年前的墓地。墓地是把死固定下来，反手弹出生的回声——天地间最细微、最纯净的声音，像桑叶下面蚕的低语，说着后生命的意义。山脊上一片静谧——古怪、澄清的静谧，像寒冬里的绸缎那样冰冷、柔软。不论什么气节，你都会在空气中、在草尖上、在露水里听到窸窸窣窣的声音，好像所有的亡灵都在与你共步，然而不管你怎样睁大眼睛，空气、土地或者路边的野花都不能提供任何死者的音容，它们只是汇成一种现实与虚无撞击的回声，伴着你心跳。

略显椭圆形的土墩墓因长年水土流失，土墩表层塌陷，墩墓块石裸露，满目萧瑟。土墩墓内像一部惜墨如金的小说，为读者留下了巨大的想象空间。墓内的葬具与墓主的遗骸都像水一样渗入泥土，仅有丝丝板灰，留下墓葬的踪迹。尚留在墓内的只有大量的原始瓷或年代晚些的各种陶器。按古印度葬礼习俗，陶器是生者对死者的寄语，他们把对死者的话语烧在陶器里，希望阴阳世界都幸福安宁。土墩墓的陶器，则是远古的死者留给我们的话语。这些原始瓷，有的白中微泛浅灰，有的白中透出淡黄色，或釉色或暗青，或茶绿或酱褐，并饰以弦纹、水波、锥刺……腹部弧线平和，造型匀称；印纹硬陶呈现灰白、紫红、橘色，陶面上布满纤细的陶纹——回纺、弦纹、叶脉纹、云雷纹、菱纹——它们纹线古朴典雅，图案对称均衡，节奏既富有韵律又从容不迫，表达出一种天地创生、阴阳相分的宇宙观念。像一位千年的智者，浑身积满时间的尘埃，端坐在幽幽的黑暗里对着蓝天白云讲着生命的真谛。三千多年的沉淀与积累，都密密麻麻地交织在这些陶纹里，声音也像这些纹线那样节奏缓慢、深厚宽容，却又充满着忧伤与怜惜。三千多年是一个怎样的时间概念？它是不是已经超出了我们的想象力？面对的时空太遥远，而内容又太沉重，反倒让大脑呈现空白。

一百多万个日出从太湖上升起，一百多万个落日西沉山后，这些土墩墓经历了多少歌舞升平的朝代，目睹了多少生命中的欢乐与苦难？然而，连绵起伏的山峰除了随春风而来的遍坡红杜鹃外，只留下了战争的痕迹。弁山主峰周围壕沟纵横，在一处墩顶表土内还发现一颗未经击发的炮弹；一座土墩墓被一条战壕南北横截，沟内有许多子弹，而墩墓另一边数千年前随葬的陶器散落自如，保持着原始的风骨。战争曾如此惊扰过这些沉睡的灵魂！土墩墓内陶器的印纹肯定像CD一样，刻下了炮弹的呼啸声，然而它们却把这一切都凝固在静默里。山岭上的土墩墓是如此平静——所有惊心动魄之后终归要趋于平静。它们以自己脆弱的身躯、细小的声音说话：平静是常态。

靠近它们，就会觉得自己掉进了一个无穷无尽的深渊，只听到时间的桥，撞响满天的钟。山脊上的土墩墓，它们从来未蒙皇封、受碑铭，承名人题咏、得雅士附韵，像生长在弃土废关之间的古树，生死随缘，枯荣自便，散淡于天地之间。无人歌咏，无典载录，自然也就脱却了锦袍似的外衣，悠久凝重的历史沉浸、积淀变成一曲没有听众、没有伴奏的低唱，像月夜下的脚步户，敲在寻觅者的心上。

追寻这些古墓的踪迹，我们承受着一个陌生而又久远的年代的冲击与洗礼，这里历史沉淀下来的深度与厚度，是时间面颊上一串孤独的泪珠，让我们自觉如此谦卑与渺小，又是如此的敬畏与痴迷。

逝者的身影·石生像

石生像——它们是逝者的守护神，当死者被时间揉碎，最终化作泥土，它们依然守护着逝者的领地，守护着他们的灵魂，然而它们却超越了逝者灵魂的限制，获得另一种生命。

从中国民间风水学来看，也许江南水乡只能算一枚小家碧玉吧，所以极少有皇陵帝寝，但长兴倚山临水，仍有不少陵墓安卧在这青山秀水之间，于是这些陵墓的守卫者——石生像，从光洁的青石里诞生，伫立在这里，成为长兴山林中永远的身影。

石生像给座座青山披上一件神秘的衣裳，它们静默的身姿唤起我们无穷无尽的深思。二界岭、高山岭、水口……都有为数不少明清时期的石生像，它们静静地守在草丛树荫下，用完整或者残缺的身体，讲着和死亡、永恒有关的话语。

石生像群保存最多的是水口乡，一个美丽的地名。撩起她水雾迷蒙的面纱，这里不仅有唐朝贡品——紫笋茶和金沙泉，而且秀峰成嶂，蜿蜒起伏的山脊绵延而去，仿佛一条神龙卧于此间。位于气势恢宏的寿圣寺西南方的一座山脉，就被当地山民称为九龙山，相传唐代名相姚崇的墓就在树木森森的山中，然而这一切都隐藏在史书的背后，只让山间一条古老的山道以及两旁六座石生像，显露出民间传说中的一丝端倪。石羊、石马、石翁仲悄然无声地卧在山腰的草丛中，一座石羊已风化成碎石，唯有温顺的前腿恭敬地跪着；石马脖子上悬着铃铛，似乎正临风叮叮作响；马鞍层层叠叠，绳扣玲珑，线条优美、柔软；两米多高的石翁仲披绵着绣，官帽、笏板一应俱全，身姿端庄、衣纹流畅，垂缨飘逸。下了这条山道往东北不足两里，到了官子山山腰的石马头村，只有四户村民的小山村，被修竹掩映着，天籁般的竹音碎玉似的窸窸窣窣洒落在山间小道上，让站立其间的人茫然不知时间隧道进入了哪个元年。就在白墙青瓦的山居五十米开外，又一条山道幽幽地通向山的深处，道旁五尊石生像或立或卧，沉静肃穆。石翁仲、石马身躯完整，石像的头却齐刷刷地被神秘之刀削去，留下平整的颈部，像久远的伤口不肯愈合，阳光透过茂密的竹林，斑斑驳驳地投在伤口处，像只只藏着秘密的眼睛，注视着时间长河里的你。

这些石生像在守护谁？山林里到底有没有灵魂在徘徊？面对这些静默的石生像，这些问题已变得不重要了。也许群山本身需要一种见证！它们才从远古站到今天，还要从今天站到遥远的未来。石生像把时间化做青苔，像苍凉的花朵开放在青石的身体上；它们被岁月风化了，却依然保持着一副阅尽天荒地老、历经世纪沧桑的凝重与厚实。青石的躯体上盘曲的树枝、石缝间葱翠的野草，还有那些古迈的皱褶，仿佛在警示着我们：什么叫永恒？

雉城镇西北灵山山麓和二界岭白杨岕的石生像，则忠诚地守卫着它们墓主的名字，前者是明朝南京刑部尚书顾应祥及其宗族的墓地，后者是南宋抗金名将韩世忠之长子韩彦直的墓地。当年顾应祥因『才华博雅学问渊宏』，承蒙皇封为太子少保，其家族多人被册封为淑人，可想顾氏宗族墓地的气派与豪华。东方古国的墓葬，带着太多权势与财富的色彩，所以有多少古老墓穴被一双双贪婪的手摧毁，把那些渴望在地下世界依然过着贵族生活的梦想扼死在半途上，然而守墓的石生像却留存下来。灵山上已无法再见顾氏墓，神道上的石生像却伫立至今，天禄、石羊、石马、石翁仲，造型饱满，神态雍荣华贵；石羊的头高高昂起，像是翘首以待圣旨的再一次降临；特别是那对天禄面部雕凿得既高贵又典雅温柔，极富儒雅气质，内心的安祥和对众生的怜惜，全写在那双垂视的眼睛里。石翁仲现已移至县博物馆，石像表情宁静超然，衣带飘逸、仪态万千。顾应祥及家族的墓穴虽已消融在草木葳蕤的灵山之中，墓道也消失在水杉、银杏树的根须间，石生像们却与高山岭的村民为邻，朝闻鸡鸣，晚沐炊烟，这些被岁月磨砾得比玉石还要滑腻、光洁的青石，无声地述说着世事沧桑、岁月无常，哪怕只是用手轻轻地一摸，一段历史的回声，马上和现实撞了一个满怀。

石生像属于墓葬文化，然而它们又以沧桑的身姿，像一位绝世的智者，伫立在云树苍茫的山中，四季轮回，天下木草、生灵皆会凋零成眠，谢世消遁。大自然选择了这些石头的胸怀，世世代代发出远古的叹息。岁月化做尘土，积蓄在青石像上，当后人经过这些风化的躯干时，应该看到在日子孤单的循回里，有些东西坠落了，有些东西却是生生不息，像院墙上那一片沉甸甸的紫罗兰。石生像是为逝者的荣耀而脱胎于青石，它们为消失的生命打着启迪的手势：消失的终将要消失，留存下来的将是历尽沧桑的自然之躯。

乡村记忆：荒野里的石像

总也不能忘记那座并不高大的石像，它就壁立在山间小道的岩石里。

那天下着雨，路很泥拧，落叶和新草在湿漉漉的山径旁交换着消失与诞生的身姿，偶有石块嵌在小径上，使路更加难走，我是走到它的跟前才蓦然看见它的——一尊孤独的石像。小径通向大山的深处，前后悠悠，头上是树木遮天，身旁是葳蕤的灌木和潺潺的涧溪，一座神色忧郁的石像就壁立在一块大岩石凿出的石洞里，像是一个简陋的佛龛，在这空山里讲述着无声的朝圣故事。

石像没有佛国胜地里那些石佛安祥、超然的表情，那种服饰飘逸、仪态万分的气度。不，没有。不知是在岁月里风化了还是本来就没有经过精雕细琢，石像没有任何装饰——除了因风化而留下满身的皱纹，那些皱纹纵横交错，像无数条昨日的伤口。它眼睛内陷，目光下垂，像一个临终的智者，阅尽人世间的悲欢离合，疲惫地垂下眼帘；双唇紧紧地闭合着，凝聚成忧伤的弧线；眉宇间的愁苦像它身后石壁上的青苔那样浓郁，破损遍布全身，显得凹凸不平，而且水渍斑斑；头微微地前倾，好像特别渴望走出小石洞的样子——再深的幽闭也不会使人停止想看看世界的渴望，可是双脚却像溶解在岩石里无法拔出，它就永远这样处在走和不走之间，处在继续或者返回的选择之间。

我站在山阴小道上，站在它面前，层层叠叠的绿阴间是夏日的雷雨，而一声声沉重的喘息缓缓地覆盖了我，我和石像凝视着，听着从它石胸间发出远古的叹息。

它在这儿站了多少年了？它为什么站在这里？我是第几个在它面前滞足者？

雨水流过它紧锁的眉骨，像浑浊的泪；流过它因风化而残损的嘴唇，好像在喃喃自语，似乎想告诉我许多古老的故事、孤独的故事、悲伤的故事。雨水顺着它的衣襟淌下来，像苍凉的花朵，在我的注视下，久远的伤口在那个下雨的午后开放。

我突然想起聂鲁达的一句话：『我承认，我曾历尽沧桑。』

这是一张想述说沧桑的脸！我真想抚摸一下它破损的下巴，还有那些风化的皱纹，似乎想捂住岁月那侵蚀的手，捂住它的忧伤和惆怅，让它恢复宁静与安祥，做完继续还是终止这道填空题，然后结束沉思和看这个世界的任务。可又像是想捂住自己的不安，捂住内心的颤动。雨声和叹息声中，一条脉络渐渐接上：他是不是我家族中远古的一员——孤独的行走者、孤独的寻找者，在很多很多年前，有一天他走出桑园鱼塘，走出良宵红帐，去寻找沉积在心灵深处忧郁、怜悯的根源。当他行走在这空山新雨中时，孤独把他的心击碎，山风霎时把他吹成了石像，无法返回，也无法继续行走！大山的深处是一双脚无法穷尽的，生命的奥秘在无法到达的地方。

于是它就这样站着，站在半路上！等候着岁月中的另一个独行者，每当天空飘起雨点时，它总会在雨中开启支离破碎的记忆之门，它看见过我出生之前的每个日子，也看着我每个不能入睡的夜晚，我在睡梦中的每一句呐喊，都曾是它的呢喃。

我站在它的面前，它眼帘哀伤地下垂着，这张雨水中的脸，对我讲着继续走下去与返回的痛苦，更讲述着走得迷惘失去方向后的孤独……

『然而，你仍站在这里，站在通向大山深处的小径旁，即使不能继续行走，那么站着也是一切，对吗？』我问它，它颌首沉思，把目光藏在深处，世界在它不视之时变得如此沉重。千年风雨携带着千年的追寻，随若雨水无声地渗入泥土，似乎预示着我们无法追寻！

也许走与不走的意义相同，静止在荒山小径旁是出走者的命运。今天在这山乡里让我与它相遇，是先辈的怜惜还是箴言？是暗示我走向深山还是让我返回？石像那张雨中忧伤的脸庞，令我心头震颤。我就这么伫立在山中，位立在雨中，伫立在它的皱纹中，读着它被雕琢的记忆、阴郁的记忆。现在我身在文明的钢筋水泥里，心却停滞在那条无穷无尽的山间小路上，感觉着岁月正在风化我的未来，石像上的皱纹在我肌肤下蠕动，那张雨中忧郁的脸呀，就在我的眼前晃着晃着……

雾水洇湿的路

——访碧岩禅寺

几次去碧岩禅寺都下着小雨，是否这样的天气更合适？『一片青黄的树叶／抱紧枝头／泥泞的风里／听雾水洇湿归家的路标。』

碧岩之下，森森林莽边缘，一座伽蓝展示出庄肃的身姿。碧岩禅寺，原名碧岩精舍，据《长兴县志·顾志》载：宋淳佑初（一二四一）华亭僧如莹至山，夜止岩扃，有白衣人语之曰：『岩上平衍可庐以居，且尽得峰峦瀑布之胜。』一老人傍立曰：『弟子白龙王也，师为是居，当守护伽蓝。』已而施者纷集，遂成宝坊，题名『碧岩精舍』。后遭火，僧智仁重葺，自山址为石凳八百三十级至庵前。下瞰太湖，为一方胜境。元至正十六年（一三五六）毁于兵燹。明洪武十年（一七三三）重建，并寿圣禅寺。《长兴县志·邢志》记载：空谷隆禅师说法于此。万历中僧广融、崇祯中僧净心先后构造。清康熙中僧绛雪大葺之，乾隆九年（一七四四）僧慧琳又改拓之，并置『人村下院』，嘉庆五年（一八〇〇）僧普能重修大殿，重修明月堂。眼前所见是一九九八年由体禅法师主持重修的碧岩禅寺，它已走下登了近八百年、八百三十级青石台阶，依势建在碧岩山址边。

我们站在山门殿外，碧岩禅寺像一株谢绝了浓郁香味的花，静静地开在一滴山间的露珠里。无论晨曦微露还是夕阳西下，只消踏进这树木稀疏的庭院，就会感觉到与外间迥然不同的清净肃穆从禅院的红木梁、青瓦当里透露出来，化做一双温而软的手轻轻提携着我们。

一跨过端庄的山门，清冽的放生池中，一尊汉白玉观音菩萨亭立于盛开的莲花上，神色安祥宁静，姿态温娴优雅，垂视修长的眼睛微微张开，眸子隐藏于上眼睑里。观音菩萨神韵柔和面朝南方，仿佛在为普天下所有生灵祝福，祈求平安。

放生池东面的九龙千佛壁如一屏玉壁矗立在山门的旁边，消弥了禅院外的市声与动念。主壁正中三圣佛趺坐在莲花座上，九条青色巨龙盘旋戏珠，护送着三圣佛腾云驾雾而来。主壁两侧是千余尊青石小坐佛雕像，庄严肃穆，寓意佛遍存法界。九龙千佛壁在古典与庄重间透露出浪漫主义风格。

从放生池西面拾级而上迎面就是天王殿。天王殿屋顶雄浑而舒展，门廊一字排开的四根盘龙青石柱，显得严谨庄重。都说建筑是凝固的音乐，那么我们所见的天王殿就是碧岩禅寺交响乐中舒张而强劲的主题奏鸣曲。四根龙柱，既是支撑屋檐的顶梁柱，又是集浮雕、透雕、圆雕多种雕刻艺术于一体的杰作，栩栩如生、毫纤毕现。一对石狮子守护在天王殿两侧，左雄右雌，符合中国传统的阴阳哲学，石狮子神态威武雄壮且不失温驯。天王殿供奉着镀金弥勒菩萨和韦驮菩萨。『弥勒』为梵语，义为给人『欢喜、希望和光明』。天王殿的弥勒菩萨双耳垂肩，袒胸露腹，笑容可掬，似乎在告诉我们：要看破、放下，才能自在与欢喜。韦驮菩萨手持寓意断烦恼、镇恶魔的法器——金刚杵，显得勇猛威严，承担着护法安僧的天职。天王殿正后是一座带亭子的回廊，新昌大佛寺方丈悟道法师题的四个金字『碧岩禅寺』在青瓷般的山雾里熠熠生辉。

碧岩禅寺的三圣宝殿古朴庄严，供奉西方三圣。众僧们正在做法事，香烟缭绕，烛影摇曳，木鱼声与诵经声在大殿里汇聚融合，如花朵浮悬在佛像旁，悠扬绵缓中透出异常的安静。我们小心翼翼，深怕任何响动都会惊扰了这梵声里的静谧。突然悬在飞檐上黑黝黝的铃铛，在绵绵的细雨里响了一下——叮，声音之外停顿的声音！刹时我们感觉世界如一本书骤然合上，寺院里淡定与闲适的气息，让这一细微的声响赋予我们内心震撼的感受，这空灵到找不到边际的铃声不是由我们的耳朵听到，而是心！这心灵开启的玄机，也许就藏在梵贝和着雨水抚过山谷的一刻，人生的寻觅是否会在这一声中戛然而止——云淡风轻听钟声，静思禅慧洗俗尘（憨山大师语）。

碧岩禅寺还在建设中，从山门到禅房，地势渐次抬高，像不断上升的乐章。在寮房我们见到了禅院住持体禅法师。法师淡淡的，淡淡的神色里是出家人特有的从容与温和，如禅院里的一棵树。法师告诉我们：碧岩精舍自开山至此，历尽沧桑，直到一九九八年才获准恢复重建。重建的艰辛在体禅法师的谈吐里举重若轻，但谈到寺院的远景规划时，法师还是露出单纯且喜悦的颜容：碧岩禅寺今后要建成一座禅林，有佛堂、法堂、禅堂、藏经楼、钟鼓楼、江南万佛塔、五百罗汉堂等，碧岩禅寺将成为江南禅门修行的重要道场，重现历史上曾经的辉煌：弁山三岩六洞九寺十三院七十二座庙群之首。

从体禅法师的介绍里，我们才知道规划中的碧岩禅寺由上院、中院和下院组成，我们现在所处的是下院，碧岩山顶正在修建金殿，是历史上碧岩禅寺的原址。中碧岩也在重修药王殿，现存一座一九九三年修建的碑亭，一脉清澈的碧岩泉穿过中碧岩，把上中下寺院贯通。法师带我们穿过院子，三圣宝殿台阶侧放着一方汉白玉石碑，苔藓与风化如同岁月的手指在石头的表面留下斑驳的记痕，但我们依稀能辨识出上面的碑文：临济正宗三十三世　悉如智苍月印　禅师寿塔。法师说：这是我们从山顶请下来的，也是从宋到明清时期碧岩禅寺信众如云、香火旺盛的见证。这一方石碑，足以召唤我们寻访上碧岩，寻访八百年间消消隐隐的碧岩禅寺，拜访正在兴建的金殿。

雨适时地停了，浅淡的阳光依依地抚过远处的山头，像年长的手。我们心意虔诚地登上碧岩，像赶赴一个千年的约会。

碧岩在弁山。弁山，在浙江长兴城东九公里，雄峙于太湖南岸，主峰名云峰顶，海拔五百二十一点五米。弁山发脉于东天目，由莫干山绵亘而北，素称『吴兴富山水，弁为众峰尊』。以『二山势如冠弁，故名』。宋人叶梦得有诗云：『山势如冠弁，相看四面同。』唐代田园诗人陆龟蒙称弁山：『更感弁峰颜色好，晓云才散已当门。』宋嘉泰《吴兴志》：『弁山峻极，非清秋爽月不见其顶。』

『弁岭如率然，碧岩乃其腹』。被弁山怀拥着的碧岩，又名上碧岩，海拔三百多米，因岩石累峭于山腰，并山泉丰富，岩石上苔藓绣错，春来色绿如茵，故称碧岩。云峰在碧岩的背后向东西起伏绵延而去，如一曲怀旧的乐章，遗落下一串雾锁烟笼的音符。清同治县志《碧岩志》载：『弁有三岩，曰秀岩、曰云岩。惟碧岩最胜。上有碧岩庵。俯视太湖，洪涛万顷，弥漫无际。岩旁有瀑布泉二道。明张睿卿摘碧岩十二景一一为疏，曰龙口、曰七星台、曰石壁、曰瀑布泉、曰珠帘水、曰金莲池、曰砚池、曰香炉峰、曰酌泉亭、曰望湖亭、曰不朽木、曰舍身崖。』现除一些人工建筑被毁坏之外，其余胜景尚存。

『旧青石山路怎么没了？』同伴的话像细小的杵，敲响了满天的钟。『寺入清冥石径幽』，清诗人施闰章曾这样写过登碧岩禅寺的感受。踩在簇新的台阶上，发出『空空』的声响，一下又一下敲着我们的心，好像是数百年前的八百三十级石凳在大地深处低沉的絮语，敲得山路表面纷纷脱落，曾经的青石小径泛出沉静且玄色的光亮，几百年来的阳光、露水以及朝圣者的脚印在陈年的缝隙里若隐若现。每块青石都令我们心起敬意：抚摸它，感觉自己正与先人们对话，倾听他们上山下山的呼吸与沉稳的脚步声，如风中不熄的火烛，明亮而温暖。一个老农肩荷一担柴禾迎面下山，树枝擦出沙沙的声响，突然我们感觉掉进了深而不知去向的时间隧道：多少高僧大德，染衣芒鞋，他们『扪历八百蹬』，或三磕九拜或肩挑背驮，用自己虔诚的信念淘洗出这一方佛门净域。

被雨水洇湿的山坡，厚厚的树叶下，包藏着湿滑悠远的日子，苔藓剥食着微红的岩石，像是远去僧人的背影。不时见到祖露棱角的山石，被先人们漫不经心地垒在石阶边，宛如微微收拢的翅膀，呵护着这条通向碧岩禅寺的石阶没有因世事变迁而湮灭，让负荷沉重的心灵寻觅到此，踏上它，去实现『闲卧禅房残梦觉，心游物外与天通』的梦想。

清朝诸生钦善在《游碧岩记》里写道：『壑之宽望对山千丈，泉水趋壑底，喷珠卷练，秀木从泉影，疏疏亭亭，生碣石间，随壑上下。山随壑环，壑随路环。尽二十六折，危峰峭立，巉梯八百三十二级，盘螺旋然达于顶。万翠铺足，不见来路』。时间并没有改变碧岩的容貌，上山的路依旧是石径曲折，山岩峭立。历代文人学士、书画名家在碧岩留下过众多诗文与摩崖石刻，我们每一步都走在被时间磨损的诗文画卷里，元代大画家王蒙名作《青弁隐居图》就是描绘当时的盛况。据同治县志载：明朝画家蒋时行，字邦显，『尝筑憩神楼于碧岩，三年不下山，善图画，貌真武，为其绝笔图于碧岩上……』现在蒋时行图于碧岩上的神像已消隐在岩石深处，却留下『士大夫来碧岩者以瀑布、龙口、神像为三绝』的佳话。元明清各代名家如赵孟頫、杨维桢等参拜碧岩禅寺，都留下了脍炙人口的诗文。碧岩被历代诗人称之为『瑶台』『天台』。

我们并没能看到历史长卷里的碧岩禅寺。钦善这样描述古碧岩禅寺，『盘尽见碧岩深广，视大屋三楹，环状如灵鳖，动吻外张内翕，石吐舌外，向石上，布席列灶，左右廊然』。民间传说古佛殿后有两个水池，『金莲』与『洗钵』，里面生活着五爪龙鱼，寺里还有一棵异僧所植的树，终年不过三尺，无枝叶而不朽死。现碧岩上还有两个高山芦苇荡，荡内有无尾螺。相传古时的山民到碧岩禅寺祭祀，烧了一碗芦笋和一碗田螺，长老说，这植物和动物都是有生命的，把它们供给山神吧！于是山民把芦笋和田螺倒在寺前的两个放生池内，谁料，一年之后，放生池长出了芦苇，水中还有没有尾巴的田螺。神奇的是无尾螺在山下任何水域，都不能成活。也许是佛祖的护佑，无尾螺才得以生命吧。历代各位高僧葺修檀施的殿宇，都已随风而去，留在草丛里的屋基依稀可辨，青石基上还留着烟火炙烤的痕迹，贴近它们，我们分明听到时间深处的晨钟暮鼓在石头里轻轻回荡，仿佛我们熟悉的声音被陌生但亲切的语调吟诵着，它们随同那些绵延不绝的传说让碧岩的一草一木都充满了温暖的慈辉。

碧岩正在修建上院与中院，金黄色、散发着阳光芳香的粗大梁木码在弁山主峰下，我们似乎已看到碧岩禅寺又回到『绕翠千般仄，空青一点尖』的山峰上，重现『四面云岚合，一龛金璧传』的胜景。

清诗人施闰章当年游历碧岩时写道：『寺东有洞如龙口，草木旁缀为髯径。』清县志载同期散文家吴光对山洞的描述：『洞中石如舌隆起，或云空谷隆禅师，恒趺坐石舌上也。相传空禅师住山时，湖中龙来听法，遗龙种焉。僧言有客以竹篇贮之携去，未过岭，雷雨大作，客惧送之，资福寺供，钵中倏不见龙，洵神物矣哉。』文中所提空谷隆禅师，为临济正宗第二十世，与碧岩禅寺有着悠长的渊源。据袾宏《皇朝名僧辑略》所录的空谷自撰《塔铭》曰：『余生姑苏洞庭鼋山陈氏，父字显宗，号月潭处士，母金氏。余讳景隆，字祖庭，号空谷，生于洪武癸酉七月十二日。永乐壬辰，从弁山白莲懒云和尚受学参禅，即南极安禅师也，得临济正传二十世。』清纪荫撰《宗统编年》卷二十九记载：『庚寅六年，禅师弁山下碧岩空谷景隆寂。』当代高僧印光大师这样评价空谷景隆禅师，『虽宏禅宗，偏赞净土。为大师祖也』。碧岩禅寺因空谷隆禅师的住山讲法而被禅宗界所传诵。

往西前往珠帘泉的路仍是古旧的青石小径，踏上去我们就跨过了时间的阻隔，走进历代诗人吟诗扪危崖、僧家汲水供伊蒲的情景。『观珠帘泉，泉淅沥高洒朝日射之，弥为鲜莹。下为瀑布，吼沫崩雪晶晶。岩上有东坡书『清空世界』四个字，扪藓视之，尚可识』。关于碧岩上的『清空世界』到底为谁书写，钦善在《游碧岩记》里提出了另一种说法：『昔我八世祖为宋逋臣，元人索之，避居于此自号『寿岩』。老人去今六百年。二十九世孙复来至此岩上，僧闻岩中浩歌，惊疑来视，问『寿岩』遗迹，茫然。绕岩而南，见二石壁上，壁悬瀑数十丈，激入下壁，下壁危崖数千丈，俯视百光泻浓绿中，声如雷轰。崖上有竖峰刻『清空世界』大字四。旁署模糊。僧云是东坡题点，划绝不类苏书，审旁行见横画七八，疑是『寿岩』二字，则题崖大意与当日身世相合，或竟然也。』钦善文章里所提先祖宋臣『寿岩』避居于碧岩，确有其人其事。据《万姓统谱》卷六五载：『钦德载，宋平江吴县人，号寿岩老人，为宋都督计议官。宋亡不仕，遁隐碧岩山中。杨维桢尝作诗歌以吊之』。如今『横画七八』已消失在时间的背后，苏、钦两人都缄默不语，这崖题便成了历史之谜，只有崖间的水滴知道并永远保守着这个秘密。也许谁崖刻了这四个字并不重要，重要是的我们后人如何守护这清空世界，让碧岩永葆『游客到此清道心，绝壁倚筇听澎湃』的魅力。

珠帘泉和龙头是碧岩胜景。珠帘泉也称寒泉，十多米高的岩崖檐间、幽暗绵长的石缝里渗出滴滴银泉，飞洒而下，溅落在石径上，终日叮咚。『一脉珠帘水，长流瀑布泉。自归幽涧底，曾在白云边』，这一脉轮回之水，温婉地转达着大地深处的款款叮咛。站在酌泉亭遗址上，寒气逼人，始觉石壁上『寒泉』二字的深意。瀑布泉汇集珠帘之水，汇流于石径。形成一股清流，顺谷口飘然而下，倏然消失在万竿翠竹之中。龙头，是碧岩景区的最高处，视野开阔。站在龙头上，太湖风光尽收眼底。但见茫茫湖水，点点渔帆，洞庭七十二峰，隐约可见。湖滨田畴、河塘港汊，历历在目。让明代著名文人、刑部尚书顾应祥在《登碧岩诗》里感叹：『吾乡胜概无过此！』

站在碧岩上，我们终于悟得古人之语：碧岩禅寺『尽得峰峦瀑布之胜』。

我们一路走来，走过碧岩收藏了近八百年的历史，现在云峰低眸捧护着的碧岩禅寺：金殿已初具『巉岩古寺入云峰』的雄姿，中碧岩的药王殿在弁山的雾霭里静若处子，下院云板悠悠，琉璃瓦灿然生辉。多好！无论我们上山还下山，都是走向碧岩禅寺。改变的容颜下是一条亘古不变的路，一条走向灵化的路。

日暮天阴，浅草上的阳光扑闪一下就悄悄闭合上眼睛，阵阵山风又送来细雨。夜色被吹动了，满山细碎的红果在雾霭里轻轻摇动，下山的路荡漾着细微的果香，树影随着我们的脚步变幻着身姿，暗示着几百年来朝圣的足音就这样重叠着沉寂在这条雾水洇湿的路上，光与影透析出满山的宁静，温养着无数干涩疲惫的心。

回眸暮霭里的修竹与灌木，突然水墨画般的深远处漏出一声长长的、圆润且清亮的鸟鸣，继而是排山倒海的空静，如一场交响乐最华丽、最灿烂、最激昂的音符之后，停在终点的那一拍静止里——山空人语远，雾起禅林轻。

男孩

一

我必须在讲述中完成对他的想象与思索，也必须在讲述中实现他出现在我视线里的意义——城山寺里的男孩。他浓密的黑发，白里透红的脸颊，小鸟似的灵动的眼睛，白净、整齐的牙齿，饱满的双唇。崔子恩在《舅舅的人间烟火》这样写道：『他生来面如桃花，甚至呼吐出的气息都带有一股奶与花蜜混合的香甜。』当我看到这个男孩子时，我想：崔子恩小说里写的男孩就是他。

那天正是江南莺飞草长的春天，阳光很温暖、很明亮，而雨水刚刚转身离去，湿润还在屋檐下、树枝间缭绕，在阳光的缝隙里水蒸汽正袅袅上升。像任何一座山寺那样，城山寺也依山临塘，葱翠重叠，可是却没有那种气宇轩昂的身姿。

一位上海来寺打点事务的老妈妈说：这是一座苦庙。

我和朋友从前堂向后堂走去，经过东厢房前，杂乱的角落里坐着一个男孩子，他一只手撑着下巴，另一只手上拿着一本书，像一个邻家男孩在星期天的下午坐在院子里读爱情小说那样安静与温柔。也许是我们的脚步声惊动了他，男孩子抬起头，眼角笑吟吟地看了我们一眼，好像我们就是他家人那样平常，亲切又恬淡，没有印象里男孩子的跳动与顽皮，然后他的眼光又回到手中的书卷里——为寂静的寺院增添了一份寂静。

我不解：一个大男孩为什么会坐在这个人迹稀少的寺院里看书？不像是访客，访客没有这一如家的情态；也不像院内弟子呀……

我和朋友进香、献烛，然后跪拜，默默地祈求——祈求所有的人快乐，祈求和谐之光流转天地。从大殿里出来，我走进东厢房，上海老妈妈热情地招呼我们坐下。我转头看看，男孩依旧坐在一旁的桌旁，安静地看手中的书，我发现是一本竖排版的书。

就问老妈妈：『他是谁？』

『他是浦东人，今年才十七岁，在家坚决要求剃度当和尚。正月里他妈妈送他来的，想让他来这苦庙受受苦，打消出家的念头，没想到他住在这儿特别安心……』

我们说话时，男孩连头也没抬起，好像所有的问答和他都无关。一个大都市男孩，为什么要选择晨钟暮鼓，黄衫青灯？我身边的朋友问道。

我的心不知被什么重重地拨了一下，不是婉惜，应该是感动。我觉得这个男孩身体里流着和我相似或者相近的血，感动由此而来。好像是黑暗里突然伸来一双陌生的手，你知道它来自遥远，但是那种温情与默契分明关联着你的前生与后世。在心的深处有一种深情的喜悦弥漫而上，好像是自己内心的一个久未触动的愿望，突然在眼前出现了，那是瞬间我发现在生活中心灵被关照被融合的喜悦，轻轻地消除了生命与生俱来的黑暗、逼仄、隔阂及由此带来的孤独与绝望，感觉到原来还有许多心灵肩并肩地站到升起来的光明之中。

隔着一张破旧的写字台，我坐在他的前面。男孩抬起头，目光里多了一丝羞涩。我终于看清了他的脸：一对浓浓的眉毛是男儿的眉毛，眼睛亮亮的，清澈见底，像一片早春的新绿。我不知道该问他什么。

『你住着习惯吗？』我问了一个『母亲式』的问题。

『我住在这儿很开心。』男孩小声地说道。

『开心』这个词让我浑身暖了起来，男孩内心的喜悦无阻挡地流向我，我好像看到了男孩纯净的心灵逐渐显出他天使般的身姿，在这一片素净的土地上，无声地翩翩起舞，那么忘情！当时我真想上去抚摸他的黑发，想把内心这种感动传递给他，想把一种无法表达的话语通过手指的触摸告诉他。可是我一动也没动，坐在那儿像是凝固了一样，足足有几十秒钟。那一刻我的目光肯定是湿润的，带出内心最柔弱的情怀。

上海老妈妈说：他读书不好，可是在短短的一个月时间里，他已经念完好几部经了。

朋友在天井里唤我，我默默地起身、转身，慢慢地走到屋外的阳光下，男孩看了看我，站起来走进里屋，他的背影像阳光一样留在昏暗的屋子里。

朋友断言：男孩是受不了读书的压力——『他在这儿多轻松呀！』

『不。』朋友武断的话几乎激怒了我，转而我就沉默了。人与人多么不同！能那么早就发现自己骨子深处的声音并顺从内心的声音，皈依佛，皈依真我，多好啊！他拥有一颗自由的灵魂！一颗自由的灵魂，永远不会身陷累赘，会自觉地走向明见。一位灵修诗人写道：『骆驼要穿过针眼就得扔下重负／直至眼中没有沙漠、荒芜和恐怖／在一无所有的静静的心意里／默默浇灌感恩的沙柳』，今天，两年后的这个暮春的下午，我想起城山寺，想起这个决意要剃度出家的男孩，他唯一对我说的那句话——在这里我很快乐——像温柔的夜无声地潜入我心底，带着简朴的智慧光芒。我想起他宁静的脸盘，如月辉放逸天庭一样放逸了我的心怀，纠缠于心的藤蔓不再疯狂抖动，安伏下来、并露出羞耻的眼神，那些不洁的心念在一片清辉中纷纷逃逸。

从自己的根处聆听欢乐之音——稳定的欢乐！

泉子（诗人）说：『在这片土地上／没有任何事物是得到赦免的／那静默的乌鸦／那啁啾不停的雀鸟／那开得烂漫的野菊花／那在默默中疯长的绿草／以及在草丛中藏起足音的一个人……』不，在这片土地上，任何事物都将得到赦免，赦免的一刻就是内心纯洁的声音响起并统领你的身体，心身获得欢乐的一刻。

二

傍晚给界隆师父送去《同仁集》。坐在寺里，蚊子硕大且自由，有时会一头撞在我的脸上。看师父只是一下一下地赶蚊子，想想，生活在寺里的蚊子也比灯红酒绿下的蚊子幸福与安全呢！

雪碧（一只名贵的长毛纯种狗）今天显得很慵懒，情致淡泊，师父说它有反胃的现象，但愿雪碧不会因为失去俗家时的宠爱而抑郁。一个养过宠物狗的朋友说：这种纯种狗必须关爱有加，不然会得抑郁症的。也许雪碧的安静是因为晨钟暮鼓、青灯梵音的濡染，渐渐透出荣辱不惊的气度。

记得上次作协组织会员来水口玩，时间赶得比较巧，几个人便好奇地参加了寺里的晚课。师父颂经时，雪碧一动不动地卧在师父的脚边，大家绕堂时，雪碧认真地跟在师父的后面，有时走着走着脚步就加快了，简直是带着大家绕堂，它一付专心致志的样子，好像一个小孩认真地做着大人的事，一点都没有玩或者敷衍了事的神色。雪碧来自上海，它主人因怀孕而不能把它留在家里了，忍痛送进寺院。第一次看到它时，正是它刚被师父从上海带来的车子上。毛色纯正洁白，梳理得纹丝不乱，感觉是一个穿戴讲究的小公子，甚至还有玩世不恭的样子，占着驾驶坐位不肯让开。

师父说：进了寺院，就不能把它当作宠物来对待了。

果然，两个月后我再看到它，雪碧身上那种『阔少年』的气质少了，安静了，好像一下子进入有沉思的状态。

渐晚了，寺院里响起了晚钟，一声声从前院传来。师父说：晚钟是告诉大家，一天应该停息下来了，静语或静思、静坐了。现在寺院里一些刚性的规距有些放宽，晚钟后仍会的活动……

坐在佛堂前，师父有一句无一句地说着与佛无关的话语，关于茶，关于禅茶，关于古琴，关于中国古建筑风格，寺院里的日常之事，还有师父去普陀山见老和尚，老和尚问：『今天来有什么事吗？』

师父说：『没事，就是想来看看。』

师父也说：其实很多东西是无须说的，需要悟，悟……

是啊，能说的基本上都归入知识范畴，并非内心生发出来的智慧，也是佛家所说的正觉，正觉既无法传授也无法嫁接，它是内里的一盏无形之灯。

不停地有居士走过来与师父说句话，居士手里拿着念珠；一个男孩坐在离我们不远的一张竹椅子上，个子高高的，穿着一件蓝白相间的T恤，像一个正在发育的运动员。他不时地过来给我和师父续茶，我知道他一直在听我们的对话，师父喊他『小明』，一个邻家男孩的名字。我问：他是谁？住在寺院吗？

师父笑着说：你问他，他为何来寺院……

小明轻轻地说：我想出家。声音里带着一丝羞涩。

我扭过头看了看小明，与师父说起三五年前在城山寺看到的一个男孩，是上海浦东人——男孩长得特别白净，真是红唇浩齿。一个绝意要出家的男孩，那年他十七岁。妈妈没办法，把他送到城山寺，希望一座苦庙能改变他的想法……

我说：也不知现在那个男孩怎样。

师父突然说：我见到过他，他现在宁波的天童寺，他是在南京出家的。我想让他到水口来，男孩今年二十二岁了，你说的这个浦东男孩与我见到的男孩应该是同一个人……

我笑了，好像一个挂念就此放下。一直来我总想再上城山寺，看看那个男孩是否还在寺里。知道他如愿出家，我很高兴。想当时我看到他时特别感慨：小小年纪就能听凭自己内心的声音选择生活，真了不起呢！

我告辞时师父让小明送送，当我跨出后院的门走夜色了，一位老妈妈还在门门口叮嘱我小心夜路。走过静悄悄的寺院，夜风凉凉的，古银杏树在夜空下更显俊秀挺拔，寺院有一种明静的清香。小明少年持重地说：江南真好。山里也好！我说：是啊，水口是个好地方，有山有水，有泉有茶。是个修行的好地方呢！

小明卸下粗粗的木门闩，咣当声在夜的寺院里回荡，感觉时间倒转，好像回到我的前生了。吱的一声，院门慢慢地开启，又轻轻关上，我听到小明上门闩的声响。我感觉一扇门的关上，一种若有所失的情感轻轻浮上，非苦非甜也非涩。

车子在寺院前等我，司机打开车灯，院门就消隐在黑暗里。

刚才在送我的路上，小明告诉我：他来寺院已两个多月了，他是山东人。今年十七岁。

又一个十七岁想出家的男孩。我为他祈福，也愿他早日获得释姓。

法师

我深深地感恩，神性的光芒总是想尽办法帮助我明见，帮助我返回宁静的生，像帮助一只迷途的知更鸟回树林一样。

那天我的天空一片阴霾，一到办公室就接到电话：文化部长下周要参观寿圣寺，马上去水口安排领导行走的路线，就这样我见到了寿圣寺主持释界隆和尚。

寿圣寺坐落在水口西部的金山之麓，三面群山拥抱，修竹掩映，古木参天。其古朴美丽的自然风光堪称绝妙无比。始建于三国（吴）赤乌年间，距今已有一千七百多年，是江南最悠久的千年古刹之一，二十年前由上海龙华寺圆成老和尚发起重建。寺院历经时间的荡洗，许多人事物像沉寂归于大地，但寺内仍有一雄一雌两棵古银杏树，历经千年，依然勃勃生机。雌者已是『五世同堂』，站在院内树前，那些远去的善男信女都会随晨钟暮鼓隐显在苍老的树枝间；与寺同建的古井，水质清冽甘甜，被后人誉为『神井』。我就在古井旁等候院主，我们商议好领导参观线路后，释界隆主持邀我上藏经阁拜谒圆成老和尚的舍利。圆成老和尚于是年九月十六圆寂。

从藏经阁出来院主让我入座，一杯清茶，不知怎么会聊起各自所学的专业，才知：释界隆主持是毕业于复旦，后在上海公安局工作……

释界隆和尚正对着我坐在窗下，窗外修竹纹丝不动，阳光透过细细的叶子，金黄色沙子般散落在几案上，也散落在院主土色法衣上，恍惚间融合于一体。他抬一下手，示意我喝茶，接着说：

『进公安部门后改为法医摄影，见到太多人界间的不幸与苦难，工作几年后我剃度出家……』

那天释界隆主持对我说了很多法理，也讲了很多俗世生活归善之路，我根性未净，听得半懂不懂。当我从藏经阁下来，内心一片澄静与清虚。我坐在寺门外的香樟树下，泥土里冰凉的气息透过衣裳进入身体，像只丝绸的手，内心某处的烦恼尘根悄悄地失去浊色。我是如此寻找世间的温暖，念想着与终身的爱人如珍珠般睡进幽暗的贝壳里，以天荒地老的爱情支撑一生的孤独与艰难。现世的家园在哪里？支撑此生的力量在哪里？如果我们的根源如我们有限的生命一样，会在那一刻点上句号，一切都会那一刻坍塌，我们还有必要去构建生的大厦吗？

今天，释界隆主持的话语并没有丝毫涉及红尘世俗之梦，而他土黄色的法衣、手中的念珠、在圆成老和尚的舍利前上檀香时的眼光、示意客人喝茶的手势、从内屋捧出圆成老和尚手抄经书时的虔诚情态、送我们下藏经阁时的合掌鞠躬……还有他的声音，沉稳、慈善，带着恒定的安宁与明净的光辉，这种恒定与光辉深深地打动了我，我似乎目睹了比有限生命更宏大更坚实的物像，在我们心域里盘根错节的欲念，都是那宏大物像手掌中儿时的玩具，可爱又稚嫩。今天是否是我在无意间接受了一种教育：有一种生的体会是超越生死的，生仅是一个练场，是灵魂体验的一个练场，宛如我们要历经小学、中学和大学，以历经童年、青春和年老；历经爱情的青涩与成熟，然后以死换得进入另一个练场，从这个空间毕业进入另一个空间求学；或者还会有来生，那是留级，说明此生该完成的学业没有及格，要重读，直到心灵明见生的真意，我们才彻底离开生的场域，离开生域里的苦难与疼痛，当然也会离开生域里短暂的快乐与幸福。对另一个空间我是无知的，依然有那个空间的痴迷与困惑，幸福与快乐，也是一个灵魂修行的练场吧？古印度经书《博伽梵歌》说：灵魂最后要返回博伽，那时个心即是万物，万物即是心的团圆之地！我们灵魂从那里出走，充分体验宇宙间的各种时空里的苦难与喜悦，然后回家，像一只淘气的小鸡。

我内心还没有坚实的信仰，所有这一切也是超越理性思辨的，但今天释界隆主持的恒定与宁静给了我很深的震撼，似乎让我得以窥见那个秘密的一线光影，正是这瞬间的洞察，好像有一颗种子悄悄地落入我心的沃土，慢慢构建一个神性的内里世界。《博伽梵歌》在五千多年说告诫众生：返回自己，就是返回神性。我们原本是和谐的碎片，返回那个源头——神性的和谐才是真正回家的感觉。从我叩问自己的那一刻时，无家可归之感一直困绕着我，这一切是否是一个终极回答呢？不管我对此心怀多大的信心，感觉神性的降临，无论如何都是生命的进一步体验，我心怀感激。我感到有一双眼睛一直看着我：当我精神低落时，一颗遥远的心沉痛地看着我，如同母亲看着襁褓里的婴儿，并想尽办法借我身边善良的心、美好的物让我重返明亮。

从水口返回，我好像再不焦虑了，当内心的疲惫出现时，我默默地伫立着，静静地等待，等待那天空中慈善的声音响起。我知道我的心跳得还不完美，时常会缺氧，可是冥冥中隐匿在现象背后的、我还不知的命运从不放弃，不倦地启发我——召唤我——引导我穿过世俗的迷雾走向蔚蓝的海洋，那个清凉的世界。

我深深地感恩，神灵总是想尽法办帮助我明见，帮助我返回宁静，像帮助一只迷途的小鸟回树林一样，以那无限的爱与耐心。

我瞥见了恒定的光辉，虽然它遥远得让我无法描述，但足以让我安于日常生活。

跋：桐花开又落

陆英

一

黄祁，人间又是春天了。

两年前那个春天的晚上，月亮像一只昏暗的小船僵泊在夜空，下面是殡仪馆『沉痛悼念黄祁同志』的黑白横幅。我一直有点发懵：怎么可能？！黄祁同志！我觉得你随时会站到我身边，和我一起轻轻讥笑这个称谓。就像你从不爱穿工作制服一样，你也一点不适合戴『同志』这顶硬梆梆的帽子。你是我心里自由轻盈的精灵，不该归属于任何组织、单位或群体，没有任何称谓可以限制你或概括你，头上这条横幅也不能困住你。我从来没有叫过你黄姐、黄馆、黄老师、秘书长，而总是直楞楞、脆生生地喊你：『黄祁』，不加任何后缀和附加词。这个名字多好听啊！中性、干净、平静、有力，还暗含着药草的清香。你也叫我：『陆英』。我们就是这样不叫昵称，不唤代称，不枝不蔓，无牵无挂，独立地、性命相见似的，以这父母钦定的植物系的名字直面彼此。看看，两株山坡上的小药草，也曾互相致意过呢。

你是多么美啊！在我眼中，你无一刻不美，无一处不美。当年你梳着乌黑的大辫子，直垂到腰际，穿着永远飘逸的裙袍，穿行在上个世纪旧旧的图书馆和梧桐成荫的解放路上，晨昏晴雨，袅袅婷婷，超凡脱俗。林影第一次看到你时在心里惊呼：一位仙女！我和你的相识与书有关：你在图书馆工作，我是图书馆的勤奋读者。当时借书还要从一格格写着大写字母的小抽屉里找书籍编码卡片，然后手工填一张借书卡。那天下午，我把借书卡递给前台的时候，你刚巧在那里。彼时你的岗位是在采编部，恰好有事在前台。我借的是一本《罗曼·罗兰与梅森葆夫人书信录》，我记得你深深地看了我一眼，微漾笑意，又低头看了看借书证上的名字，还和我聊了几句，问我经常来借书吗……哦，那一刻我多么幸福！然后你就回自己办公室去了。我无法让视线从你的背影挪开：你大概中午刚洗过头发，还没有编成辫子，只是瀑布一样垂坠着，隐约露出颈间雪似的肌肤，一袭黑色过踝的长裙，骨骼纤细，杨柳一样摇曳的身姿，我都看呆了。

后来你跟我说起过，这是你采购了很久的书，整个长兴还没有人借过，我是第一个。于是，像罗曼·罗兰们一样，我也开始给你写信了。我们成了朋友，后来成了好朋友。我们一起喝茶喝咖啡，把些形而上学的讨论掰碎了来做茶点：爱情婚姻、女性命运、生命的意义……每次聚在一起我们都倾诉着近段时间读过的书、看过的电影、夜里的思索，交换一些细碎的感悟。

有些话题我们曾有过持久而热烈的讨论，比如基耶斯洛夫斯基《十诫》的伦理抉择，伍尔芙《一间自己的屋子》女性的觉醒，特蕾莎嬷嬷的精神力量，三诗人书简的美好等等。一些名字：佩索阿、塔可夫斯基、史铁生、小津安二郎、西蒙娜·薇依、林怀民……仿佛是这座小城市里心照不宣的接头暗语，两个女人以此为凭，才在人群中嗅认出同类。

我们也会在晚上逛街，踩着细细的高跟鞋，笃笃笃笃，从解放路晃悠到金陵路，在衣裳琳琅间流连，回家揉着脚取笑自己：『女人啊……』如果你来找我，会给我带几枝毛茛和一下午的温柔阳光，有时还有一本诗集，比如聂鲁达的《二十首情诗和一支绝望的歌》。我们的友情，始终有一种不接地气的书卷气质和浪漫气息，或许是因为那时候，我们都在刻意抵抗着某种属于县城的、平庸琐碎的精神格局。后来是你先意识到，这不过是一种象牙塔式温室盆栽型的自我陶醉，必得要走出透明无形的玻璃罩子，心灵才会在真实的气候中呼吸和成长。那时我有点迷恋你，喜欢看你永远少女感的笑容，看你怎么用一根打磨过的木头筷子做发簪挽起满头秀发来，还有你优雅果断的动作、你敏捷清晰的语速和思维、你妥贴周到的待人接物……一切都值得回味。

黄祁，没想到吧，隔了二十多年，我又开始给你写信了。二十年前你的来信都在我抽屉里静静躺着，收拢着旧日的音声笑貌。谢谢当年的你用一手飘逸洒脱的字体，认真应答着一个略显严肃的少女对生活的困惑。

二

黄祁，桐花又开了，若有若无的淡紫色在高大的树枝上团团簇簇。想起你曾写过桐花落下的声音：

桐花汁液饱满丰实的花梗，在春天的和风细雨里有一种从容淡定的神韵。『扑』——我耳旁传来一个遥远的声音，像一册古老的书籍在某个午夜醒来发出一声轻快的叹息。

你的笔下，都是发人所未见的灵犀。那段日子你是《长兴报》的特约专栏作者，几乎每周都会发一篇精巧睿智的随笔。很多人记得《女性物语》那个系列，每一篇都芬芳馥郁，灵动闪烁，你把旗袍、丝绸、香水、芭蕾舞鞋写得波光微泛、淋漓尽致，让女人的高贵、窈窕、优美、温柔丝丝漫出日常的堤岸。生活中的你自己也每天变幻着风景，长裙翩翩，丝巾呼应，面料是奢华的丝绒或真丝，颜色却是低调的深灰或黑色。现在女人流行的宽袍大袖文艺范儿，你在九十年代就已掌握得炉火纯青。我记得你从来不爱穿高领衫、掐腰裙或任何有裹束感的复杂服饰，从心灵到身姿，你都要自己是流畅自在、无拘无束的样子。

现在想来，那正是你刚刚开始思考『老』的年龄。作为如此懂美、爱美的美丽女人，你是如何与衰老、皱纹、白发握手言欢的？我见过很多人先是一直勉力抵抗，用燕窝、酵素、玻尿酸种种来武装自己，直到再高级的脂粉也掩饰不住衰容后，就不甘不愿地放弃了，而一旦放弃，就是全面溃败。你不是。某一天开始，你就收起了所有的高跟鞋，也卸下了全部的妆，从此再没有碰过口红和眉笔。这是哪一天？对我真是一个谜。那之后，你就每天是布衣素履，素面朝天，越来越干净舒展，越来越长成心灵映现出的样子。抢在『老』前面，你就妥帖地将这具躯壳安置好了，因此你从来没有不得体的时候，没有一点点强扮年轻、揽镜自怜的味道。你说过，『我不怀旧。』是的，你从来没有像女人这个群体常会犯的那样，眷恋如花似玉的青春，沾沾自喜从前受到的爱慕，做美人迟暮的蹙眉叹惋。你从不哀叹，不自恋，不自怜，不多愁善感，不顾盼伤春，正是有一颗张爱玲所说的『清明』的灵魂。你还以亲身经历证明，女人不必人云亦云去夸大更年期的症状，不要给自己病态的心理暗示，一个人如果心境平和，就不会出现明显的更年期。

所以你这样的头脑是很特别的，你可以理性到为孩子定下严苛的时刻表并且一次也不容许破例，工作时的思路条分缕析清晰果断，同时又可以写出『忧郁降临到人间，仍然保持着蓝色的身姿，像一枚破碎的瓷片，睁着近乎绝望的眼睛，锋口处滴着白莲的血』这样感性的句子。你的文笔优美细腻，旁征博引，充满诗意的联想和灵感的跳跃。但我一直认为这还不是你最珍贵的特质，最珍贵的是你超越文采之上的对终极意义的追寻。你写到：

当我们说『自我』时，『自我』是什么？是肉体还是灵魂？是个体还是整体？『自我』存在吗？当我们说出『蚂蚁』时，是指一只蚂蚁还是众多蚂蚁的生存状况？其实我们并不认识个体蚂蚁，话语里指向的是『蚂蚁』的生物现象，它的整体与自然的关系。

个体是没有意义的。也不知上帝如何设置的牌局，让个体存在不呈现意义，却让整体充满色彩。这是一个有趣的问题。个体命运注定隐藏在整体里，无论你如何呐喊，都无法确定木偶和那只提线的手之间的关系。

当我们赋予生命『永恒』『神性』『不朽』……这些词时，同时意味着我们的怯懦。

这些带着疼痛的追问，把你从某种风花雪月的女性写作里区分了开来。你追求的不是文学，而是心灵学；不是文采斐然，而是直面实相。你后来会走上信仰之路几乎是注定的，从年轻时候开始，你就从未停止过对身心世界的艰苦探索。我认得出来你，是因为我心里也有这样的黑洞，不知道用什么能填补，仿佛是个无底深渊——『个体是无意义的』，那么个体将如何安顿自己？

你对我说过这样一个时刻：一个普通的下午，你在读布罗茨基的一本散文集，突然，你对自己说，够了。他对诗歌与自身智识过分的骄傲与优越感，让你坚决地把书永远合上了。布罗茨基，中国当代诗人奉在神龛上的人物，代表着人类滔滔不绝的文化精英群体，可是他们已无法再让你产生共鸣。从那时起，你就自觉地从精英价值观里退了出来。你的书房很阔绰，有满墙满壁的书，但你说，我已经不会看它们了，要么捐掉要么送人。你不再阅读文学、西方哲学，也收拾起呓语与抒情，不再撰写副刊的散文。之后你经历了外婆的生病和逝世，因为你是外婆带大的孩子，外婆的离开让你对生老病死的思考更加尖锐沉重。你还反复提过一本叫《站在绝望的巅峰》的书，也许在某些我看不到的最黑的黑夜里，你曾独自在那个危峭的边缘徘徊过。

回想起来，在那个阶段，我们心灵上有些疏远了。我尚沉迷于尼采的查拉斯图拉如是说，热爱木心的文学回忆录，读布罗茨基的《悲伤与理智》读得愉悦飞扬，你却径直走过了他们，追随老子或释迦牟尼而去，我不了解你的心在经历着什么。这中间，你给过我几大册打印出来的《薄伽梵歌》，我没有读下去，因为我的寻找还没有到这一步。直到前两年，我整理书架时再翻开，才终于能读懂克里希那和阿周那的对话。

三

有位年轻的姑娘曾经形容你：远远地，即使不说话，也让人觉得很慈悲，会被你感动。真的，你就散发着这样一种柔和而强大的气场，能覆盖人、感染人甚至净化人，令身边的人如沐春风。

现在，当我在佛像前跪拜行礼时，常常会忆起你。记得第一次随你进寺礼佛，你盈盈叩拜的样子把我看呆了：那样庄重、轻柔、舒缓、沉静，仿佛独自在天地之间行一种秘密的仪式，仿佛那就是人间此刻最重要的一桩事，当你完全俯伏下去，轻摊手掌，又收起，宛如一朵莲花在我眼前静静开阖。我后来读到《华严经》

中的一句『犹如莲花不着水，亦如日月不住空』，忍不住就想起了你。

很长一段时间，你小心翼翼地，相处时几乎不跟我提佛法。因为你太了解我，知道像我这样读过几本书的人很厌恶庸俗的迷信，如果提得不恰当，反而会从此断了我的兴趣。我随你参加过寺院的法会，然后陷在各种思考里，比如：为什么要对着一个雕塑的偶像反复跪拜，为什么要那么繁杂的仪轨，既然是心灵的事为什么要仰赖外在的寺院和师父？我心里有一万个为什么，还有，为什么你不再读那些杰出的诗人作家了，为什么你对从前的话题不再关心了？你不灌输，似乎安然地在等我提问，或者在等一个坚冰自然消融的时刻。有一日，我随你从黄叶铺地的寿圣寺到了岚气清幽的圆觉禅林，听杨建昉老师分享《心经》，当他说到『流浪生死』时，我就扑簌簌泪流不止，之后全程都抑制不住泪水。你知道我听懂了，才第一次略深入地跟我说起你对佛法的理解。

还好，渐行渐远多年后，我们的心灵再一次得以重聚。这一天于我而言，是蔽塞的心向着一个更广阔的的时空打开了门，我感激构成这遇见的一切要素，感激那把我引向这一天的所有因缘：摄影师镜头里的秋天，清洁的小村庄，悬脚岭上那棵优美的檫树，常宝法师的邀约，杨老师的慈悲发心，还有，最重要的，你的引领。之后，我通过你认识了另一群人，是一群温柔和顺、却也在意义的森林里左奔右突最终皈依佛法的女人。你就像一块柔性的磁石，吸引着同质的心灵围聚在你身边。

作为佛协的秘书长，你是一个完美主义的大管家。你本来身体就很弱，有时一场大型活动过后，你就说『瘫掉了』，要在家修整好几天才能恢复过来。我常常不理解你这种热忱的必要性，我会问：殚精竭虑地准备礼品，衔接各个议程，邀请专家学者，接待各地来宾，做这些琐碎的事情，是为什么呢？对修行有益处吗？和出世间的佛法有关系吗？你这样回答我：历事练心。一切事情，本没有绝对的价值，就看你是如何发心的。当时我不懂，要到这两年才慢慢体会：一切法从恭敬中求。不要过分信赖思考，不以思考为傲，而时时警醒思想可能是偏见。现代人引以为傲的『有个性』『做自己』『独立思考』，常常不过是为纵容自己的习气找到的堂皇借口。而你对师父的恭敬顶礼，对师父所言的依教奉行，不去事事评判分别，正是对治自我习性的一剂良药。修行，是在做减法，一点点修减那膨大的自我。

长兴佛协在你的秘书长任上推动了给僧人上医保的制度。你说出家人没有什么保障，也几乎没有多少和社会打交道的经验，所以佛协就是来帮助他人的。你常常挂念一些偏僻的、香火不那么鼎盛的、常住僧人文化程度不高的小寺院，说他们最不容易，生活的清苦不提，单单应付上面的检查或验收需要的资料就很吃力。直到我们最后一次单独谈话，这还是你最放心不下的牵挂。

你为佛协的公号倾注了大量心血，写了很多文章。你那支曾让粉丝崇拜得五体投地、迢遥地从异地赶来见你的锦绣文笔，有一天就只专注于写帝乡佛国的历史，以及佛协或寺院的日常动态。从此，你的文字洗净了抒情飘忽的文艺气质，而变得凝重大气、朴实无华。那《女性物语》的作者，浪漫敏感、心思纤细的才女黄祁，已经走得很远了，似乎头也不回。那些具象的和象征的丝绸与香水，已被你丢弃得干干净净。

你在寺院时是什么模样？有一次我们去仙山显圣寺，我像个观光客那样逛逛长廊，摸摸斑驳的墙壁，拍拍照片，然后到方丈室里喝喝茶，捡掇几句法师的机锋妙语。而你一转身，就坐在伙房门口的小矮凳上，和一位上了年纪在帮忙择菜的阿姨聊得特别欢。正是太阳要落山的时分，她的白发和你开怀的笑都笼罩在夕照的光中，水乳交融，平常又非凡。真佛只道家常，那一刻我突然有种感觉：黄祁，你那种令人温暖的、如水一样随物赋形的美，我终身都难以企及。

四

从单位的领导岗位退下来时，你说，现在可以优雅平静地老去了。我却没机会看到你老，没能让你给我示范该怎么老。经你一手促成的天居寺佛陀夜校第二次开课时，你没有来，第三次，你也没有来。你病倒了，但我一分钟也没相信过这个病会打败你。你在我们的圈子里就是一枚定海神针，是所有人的知心姐姐，大家都喜欢聚拢在你身边，听你柔和安稳的声音，把自己的脆弱、烦恼或疑惑都倾倒给你，你仿佛什么都能理解，都能给出远离敷衍的肺腑之语。有个女孩皈依就是因为喜欢看你的样子，说你就像观音菩萨。在我不接受无常的凡夫心里，你就该像图书馆楼前的无患子树那样无忧无患，永远在春天摇曳，在秋天等着我去倾诉心事，也该像无患子果那样被岁月打磨得越来越澄澈透明，像你腕上经常摩挲的那串，植物拥有玉石的质地。

这之后，就是一年多你与疾病相处和抗争的日子。你把它作为今生的功课，艰难地面对它、承受它，又始终宁静平和地完成它。早早地，你就剃净了头发，看着镜子里的新形象，非常欢喜，非常坦然，就好像是上天在成全你的信仰，终于为你剃度了。你说，如果你病好了，你就跟我细细说说你的心路历程。你说，死亡原来跟我们以前在书里和电影里看到的、在自己的诗歌里沉吟过的完全不一样，它不是诗意的哲学，不要去轻浮地或故作深刻地谈论死亡，那些说着『爱比死更冷酷』的人，其实还没有触摸到一点死的轮廓，还未嗅到一丝死的气息，还根本不懂得生老病死……可是黄祁，我竟没有福气等到你从容谈说的那一天。住院之后，你很少见人，因为你需要安静的休息，但有一天你让我过去，我去了才明白，那就是一次告别。你靠在医院的病床上，平静地说：我扩散了。我一下子傻了。还说了什么，我几乎没听进去。那天特别寒冷，只记得你望着窗外，冬天素净的阳光扑进来，窗口有疏朗的枝桠，你说了一句：我仍然觉得世界很美好。

后来我又去看你了好几次，每次见到你都能感受到，为了保持一点常人的尊严，你和疾病对峙得筋疲力尽。你对我说：你原本以为自己已熟谙人生即苦，娑婆世界是五痛五烧之处，可是，这莫大的苦还是超出了从前所有的想象。《无量寿经》里说：『人在世间，爱欲之中，独生独死，独去独来。当行至趣，苦乐之地，身自当之，无有代者。』春天来了，花在开，青草在长，和风吹拂万物，人们在你的窗下走过，而你独自痛着，连呼吸都痛，可又不得不呼吸……我在写这些字的时候，不断告诫自己，切忌伤感，因为你不喜欢伤感。有时我这样想：只有苦才能消业，所以你巨大的痛苦，不知已抵消了几大劫的罪业，而终于可以轻盈地飞升。

那时你已经很衰弱了，可是偏有位刚刚学习佛法的朋友不了解状况，只知你学养深厚，还在请你为他释疑解惑。你在手机上打了长长的回复，我知道后，心疼得不行，你却觉得是你的责任。

在最后的时刻，你愈加像大地一样慈悲静谧，你似乎理解了一切，包容了一切，原谅了一切，也在心里默默拥抱一切。一直照顾你的家人说你的心一直是笃定的，从不唉声叹气，从不烦躁抱怨，不喊疼，实在疼得厉害就叫医生来打针。我们去看你，你连笑也会疼，可是你还是笑着，仍然是我最熟悉的少女般的笑，安慰着我们说：没事的，都会过去的。你给我发的最后一条语音的声音也是欢快的，说你梦见我在给你做护理，还开了句玩笑：不管你在哪里，反正你晚上都是在我这里做护理哦。

在你离开后的第二天，我醒来，突然想到我生活的这个时空里已经没有你了，没有黄祁了，黄祁再也不会和我说话了，觉得太荒谬，不可能。我忍不住打开微信，给你发了一条信息：『黄祁，你在哪里？』要是你能回我，或在梦中回我，那该多好啊。黄祁，原谅我竟问了这么愚痴的问题，那是我对佛法还疑窦丛生的时候，现在我已经没有这个问题了，我知道你在哪里。你走之后，所有的佛经字字偈偈分分明明都告诉了我答案，我们会再聚的。

五

黄祁，自从失去了你，我就失去了对话。一晃眼，已经两年了。今天好快乐，我们又说了这许多话。我常常会无意识地想到你：看着院里的铜钱草时，想起你曾经养过的那盆铜钱草，油绿茂密，姿态舒展，我断定世上没人能比你侍弄得更洁净了；穿鞋的时候，会想起你爱穿的搭襻布鞋的花色；梅花开了，有一年你、吴越和我，我们三个在梅园赏梅，说着绿萼朱砂的名字；还有，把头发挽起来时会一闪念，听到别人用了靶向药好起来时会叹息，穿着那件同款的蓝粗布棉衣时想到它就盖在你雪白的病床上，诵《法华经》时总想起第一次诵你就夸我『前世是读过的』；还有，桐花远远开着的时候……它高高地开着，比任何梅花、桃花、樱花、海棠都要清淡高远……

学佛后，想得最多的也许就是『生死』，常常自觉已经想明白了：一世只是轮回里短短的一节片段，系列剧中的一集，其实并不存在真正的生或死。如果是位世间的好人离世，他的神识褪去了残破的旧壳，很可能有了更美好更清净的去处，本该不必恐惧，不必哭泣的。可是尽管持这样的观点，当至亲挚爱的人离去时，为什么依然会揪心地疼痛，而且这疼痛会年深日久绵绵不绝？是否因为我们只是头脑明白而心灵从未真的信服，我们根本还没有足够的智、悲、勇去剖析和穿透生老病死的苦，也无法想象和接受那杳无音信的别离？或者，是否所有和他人（尤其是亲密的人）的关系都是构筑『我』的材料？他不在了，此世的这个『我』也就少了一部分，正是这个『我』在减损中感到了剧烈的痛苦。是这样吗黄祁？我是不是又落入思考的惯性窠臼里了，你要像以前一样帮我指出来呀黄祁。

我多有福气，在这一期生命里遇到了你这么好的人，如一颗深邃、温暖又明亮的星辰。因为你的存在我才知道，一个平凡的人，不被列入任何名人录里的普通个体，也可以心智超凡，品格高贵，拥有丰富超越的精神世界和润物无声的影响力。很大程度上，我正是由于你而获得了一份珍贵的判断力，一种敏锐的嗅觉，能够不被任何炫目的名誉、地位、身份、才华及种种标签光环所迷惑，而直接能辨认出什么是一个人独立于天地间最可贵的光芒。

一朵桐花『啪』地一声打在脸上，然后跌落——多么特别的落花啊！我感受到桐花沉甸甸的坠落，没有留恋，没有犹豫，也没有伤感，更没有一丝凋落的惊慌，好像带着深沉的回归感，纵身一跃，离开枝头，不回头地抵达泥土。不是凋谢，而是成熟饱满与无杂念的回归。

不是凋谢，而是成熟饱满与无杂念的回归——正是你自己的写照呵！你的墓地经常会放着不知名的鲜花，好多人都在想念你。碑上刻的肖像是一个撑着伞微微侧身的背影，那是在云林禅寺门外，细雨霏霏的小径上，你投给世界最后一个淡淡的回眸，然后就转身离开了。我依然目送着你，直到今天也无法让视线从你的背影挪开，就像二十年前图书馆的那个下午，我初见你时一样。

二〇二〇年三月二十二日

（作者系长兴县佛教文化研究会秘书长）

2012 年 10 月 19 日，参加在韩国首尔举办的第七届世界禅茶文化交流大会

在寿圣寺(摄于2014年5月1日)

在吉祥寺（摄于2014年5月2日）

在大唐贡茶院（摄于2014年5月2日）

在寿圣寺参加浴佛节（摄于2014年5月6日）

在寿圣寺参加供天法会（摄于2014年5月18日）

在大唐贡茶院（摄于2014年7月5日）

在大唐贡茶院（摄于2014年7月5日）

在寿圣寺参加第六届“吉祥人生　快乐学佛”夏令营（摄于 2014 年 8 月 9 日）

在寿圣寺参加第六届“吉祥人生　快乐学佛”夏令营(摄于2014年8月9日)

在长兴图书馆(摄于2014年8月20日)

在江西百丈禅寺参加第九届世界禅茶交流大会(摄于2014年11月10日)

在蓝天子弟学校（摄于 2015 年 1 月 17 日）

在圆成功德会（摄于 2015 年 2 月 7 日）

在六如茶道禅修养生班（摄于2015年4月9日）

在寿圣寺（摄于2015年5月30日）

在寿圣寺(摄于2015年5月30日)

在天居寺(摄于2015年5月30日)

在天居寺（摄于 2015 年 5 月 30 日）

在飞云寺（摄于 2015 年 7 月 4 日）

在悬脚岭（摄于2015年7月4日）

在圆觉禅林（摄于2015年7月4日）

在云林禅寺(摄于2015年7月5日)

在云林禅寺（摄于2015年7月5日）

在云林禅寺（摄于2015年7月5日）

在清凉禅寺（摄于 2015 年 7月5日）

在清凉禅寺（摄于2015年7月5日）

在清凉禅寺（摄于2015年7月5日）

在寿圣寺禅修班（摄于 2015 年 7 月 11 日）

在寿圣寺（摄于 2015 年 7 月 11 日）

在寿圣寺(摄于2015年7月12日)

参学五台北台顶（摄于2015年8月19日）

在显圣禅寺(摄于2015年9月16日)

在寿圣寺(摄于2015年11月21日)

在圆觉禅林(摄于2015年11月21日)

参加长兴县佛教文化研究会成立大会（摄于2015年12月29日）

在寿圣寺（摄于2016年2月2日）

在寿圣寺(摄于2016年2月2日)

在寿圣寺(摄于2016年2月2日)

在法音寺(摄于2016年3月13日)

在龙华寺(摄于2016年3月14日)

在龙华寺（摄于 2016 年 3 月 14 日）

在泗安镇上泗安村（摄于 2016 年 4 月 8 日）

在大唐贡茶院（摄于 2016 年 7 月 23 日）

在大唐贡茶院（摄于 2016 年 7 月 23 日）

在天居寺(摄于2016年9月4日)

在大雄教寺(摄于2016年9月8日)

在寿圣寺（摄于2016年10月19日）

在寿圣寺（摄于2016年10月19日）

在家中(灵源摄于2017年1月16日)

一片素心常清澄，
三千佛念归圆成。
回向西方极乐地，
愿为莲花国中人。

本册摄影　黎子

素心集

素心集

归心处

黄祁 著

上海文艺出版社

太湖明珠　伽蓝周布
赤乌年间　摩尼如意
梁陈以降　花香散处
欣逢盛世　塔矗梵宫
灵麒慕道　风土典籍
利益唯他　入蓝毗尼

吴越中央　古刹别样
圣训点亮　金山耀晃
佛事隆昌　智慧辉煌
法门重光　圆成普广
修源真常　般若弥彰
惠行难量　菩提树旁

帝乡长兴　禅教净域
昊日东升　众生蒙恩
寺院林立　檀越护持
殿宇巍峨　国运久荣
六波罗蜜　文字三昧
觉悟实相　星天月满

佛国名扬　千载流芳
弘化八荒　皈依吉祥
妙音演畅　信施增上
庄严道场　万寿无疆
伴侣慈航　集素心堂
决定西方　极乐莲邦

——界隆衍寿

目录

天居寺

天居寺创建于南北朝时期（五六〇—五六五），距今已有一千四百五十多年的历史。为长兴古刹之一。

长兴，被赵孟頫题为『帝乡佛国』，其渊源离不开天居寺。南北朝开国皇帝陈霸先，历代王朝对他恭敬有加，后拜为武帝。陈武帝谢世后，在他出生地——长兴，建造了陈武帝故宫。因陈武帝及家族笃信佛教，舍宅为庙，宫内家庙香火兴旺，南朝陈光大元年诏立为天居寺。成为江南子午线三大寺院（镇江定慧寺，长兴天居寺、杭州灵隐寺）之一，隋时列江南四大丛林之一，宋治平二年改广惠教寺。明洪武二十四年立为丛林，俗称下箬寺。原为五进大院，占地三十六亩，箬溪环绕四周，气势雄伟，示现皇家气派。寺内正中，自山门而入，天王殿、大雄宝殿、观音殿和小西天，供有如来观音、三尊紫佛，皆佛中之圣，法相庄严，殿宇雄伟，清净妙境，尽显大乘无量的气势。受唐朝皇帝唐僖宗、明太祖朱元璋和清朝乾隆皇帝三代皇上『天赐圣旨』。

由于南北朝国兴佛教，天居寺自创建以来，法缘昌盛，文人荟萃，谈禅论道，儒释交融，推动了长兴佛教的兴盛不衰，为『帝乡佛国』添上浓墨重彩的一笔，相传鼎盛时长兴有大小寺院一百三十多所。

唐高僧道宣，出生于长兴，民间传说于下箬寺出家。道宣俗姓钱，字法遍，十六岁出家，依智顗律师受业、从智首律师受具戒。道宣律师一生研究律学，创立了南山律宗，盛名远播西域，被尊称为南山律师。门下受法传教弟子千人，朝野崇奉。并于净业寺首创戒坛，标示轨范，成为后世建筑戒坛的法式，使律学成为中国佛教文化的一个重要部分，在佛教史上大放异彩。直至今日，中国的出家戒律仍以《四分律》为圭臬。

唐诗僧皎然，为谢灵运十世孙。皎然于长兴下箬寺出家，他融于情性，达于禅意，成为唐代诗僧之翘楚。魏徵、杜牧、白居易、刘禹锡、吴承恩、赵孟頫等众多历史名人为其题记、碑刻、书诗，这些在历史长河里熠熠生辉的人物，都与天居寺结下深深的佛缘。

时至一九九八年，下箬寺历尽沧桑终得恢复开放。二〇〇九年，为弘扬长兴『帝乡佛国』文化，充分发扬佛教优良传统，促进和谐社会建设，相关部门启动了陈武帝故宫及寺院重建工程。下箬寺再次易名为天居寺，千年古刹迎来欣机。

重建后的天居寺占地面积一百五十亩，建筑面积三十六亩。以金堂为中轴线向南是五层塔，向前延伸为山门，金堂北侧是讲堂；金堂东、西两翼楼庄严峻秀，周围有长廊与塔殿相环相通，富丽恢宏；殿内佛像金碧辉煌，熠熠生辉。修葺后的天居寺重现昔日风采，蔚为壮观。

二〇一二年大悲殿千手观音开光，高僧大德云集。二〇一五年七月，长兴县佛教协会迁址天居寺，县佛教协会会长、寿圣寺方丈界隆大和尚担起中兴重任。随后，界隆法师在厦门普光寺蒙中国台湾台北善导寺上了下中律师得授南山律宗法脉，成为南山律宗第三十八世，光孝法统第十八代传人。南山律祖道宣律师的法脉重归律祖诞生故里——吴兴长城（湖州长兴）。界广无边际，隆德祖印契；续绍千华灯，明解真实义。

天居寺将以其得天独厚的『帝乡佛国』文化，在各级领导关心下，在社会各界人士支持下，续佛慧命，弘扬正法，成为长兴最具地域特色的佛教文化品牌，为长兴『和文化』建设增添佛教的戒德清香。

典籍诗话

寺观·广惠教寺

清同治长兴县志卷十五第七页

广惠教寺在县东九里，相传陈武帝故宅。陈临海王光大元年诏立为天居寺，唐初为辅公祏所毁，止存尚书左仆射王缮所撰碑。唐僖宗时重建，改为崇光院。宋治平二年改今额，元末毁于兵火。明洪武四年重建，二十四年立为丛林，俗呼为下箬寺。（顾志）

宋裴大亮诗

政余飞棹入烟村，数里菰蒲接寺门。
惟爱弁峰供醉眼，役人诗思到黄昏。

明沈明臣丙寅五日徐子与太守携客泛舟下箬游广惠寺有叙，寺为陈武帝霸先故宅，宅有大井，当帝生时，井忽沸泉，浴之，今称圣井云，寺右为阳乌山，帝父葬处，故号嘉陵寺，前溪名下箬，同游者李无文五六辈。

使君携客泛星槎，古寺高林问落花。
龙去尚存前代井，僧来还说帝王家。
废陵日落空坏廿，下箬波深隐片沙。
闻道去年风雨恶，太湖秋水没蒹葭。

国朝孙之逑诗

谁将帝里作花宫，松柏阴阴紫翠重。
苍弁遥攒千障日，箬波清散六时风。
瓢分圣井残碑在，钟动孤陵玉树空。

高卧刹那禅梦觉，影随孤鹤共西东。

鲍鈖游下箬寺诗

理棹清溪叩薜门，藤花竹叶数家村。
烟中梵放诸天寂，林际禽声夕照昏。
江左雄图销帝业，西吴王气冷邱园。
千年人代惊弹指，独有参天鸭脚存。

又下箬寺寻寿门与余刻石即次寿门韵

一往便陈迹，千秋等刹那。
荒烟生院落，遗碣入墙阿。
粥饭僧常住，簪裾客重过。
门前箬溪水，终古漾青波。

王豫下箬寺诗

闲寻圣井忆陈王，寂寂空林贝叶香。
说与游人莫惆怅，景阳宫井更荒凉。

钱兆沆诗

圣井消波王气终，精蓝净扫梵音空。
年光代谢溪流逝，又见春摇嫩柳风。

朱湄诗

寺名广惠溯陈皇，千古兴衰事渺茫。
颓败殿檐鸣鹳鹊，萧森桧影卧牛羊。
后庭玉树须臾事，古井清波分外凉。
一棹偕朋来下若，不胜往迹话斜阳。

叶诗过陈武帝故宅二首并序

去长兴城东五里许，土阜隐起，为阳乌山，其麓广惠禅院，陈武帝故宅也。中有圣井，归有光为之铭，其旁银杏一株，亦数百年物矣。

帝兆阳乌起，雄图竟若何。
犹传乙夜帐，忍听后庭歌。
故里经过数，残碑涕泪多。
僧房对鸭脚，兹树亦婆娑。
闻道燕支井，陈宫怨未销。
我来循下若，何处问南朝。
王气金陵尽，秋风玉树凋。
寒泉仍古甃，早晚可通潮

徐球诗

冒雨寻兰若，缘溪泊画船。

兴亡自千古，少长有群贤。
树老颓垣里，碑留圣井前。
殷勤衲子意，瓯茗煮清泉。

陈武帝

海安寺

海安寺，位于县正东二十里太湖之滨，原名海安庵。清同治县志记：『海安庵在县东新塘。庵有巨石，形如碑，上方下纵，面镂观自在像，传是太湖浮来，想亦石佛涌川、石鹅浮湖之意耳。』现在，这块被县志记载的石镂观自在像，历经岁月的磨砺，依然庄严地供在大雄宝殿之前。海安寺于二〇〇一年申请重新开放，改名为海安寺，礼请释安慧法师住持道场。天王殿、大雄宝殿、念佛堂以及配套设施相继建成，为湖州市和谐寺观教堂创建单位。

典籍诗话

寺观·海安庵

清同治长兴县志卷十五第十页

海安庵在县东新塘。庵有巨石，形如碑，上方下纵，面镂观自在像，传是太湖浮来，想亦石佛涌川、石鹅浮湖之意耳。（邢志）

水·新塘港

清同治长兴县志卷十一第五十页

国朝鲍鈖新塘望太湖诗

淼淼新塘口，飞梁对杳冥。
渔庄罾网集，鲛室水云扃。

山远迷林屋，天清见洞庭。
微茫还极目，七十二峰青。

大雄教寺

长兴大雄教寺位于长兴县城区西北端，龙山森林小镇之首，背靠太湖山，由水库、山岕、溪滩、森林、红梅等组成的一幅俊美山水画卷逶迤其后。

《长兴县志》载：『大雄教寺旧在县西（顾志作县西北）一里，陈文帝天嘉元年为太妃所立也。今额字石曼卿书（舆地纪胜），天嘉元年创建为报德寺，徐陵有报德寺刹下铭，周宏正制寺碑，今不存。唐大中元年县令喻凫奉敕重建，宋治平中改今额。寺西偏有水陆院疏瀹池仰止亭，东有秋香亭寸碧轩岩壑斋，元时僧道成重建佛阁，赵子昂为记。至正十六年毁于兵火。明初耿炳文筑城寺基开为城濠，洪武二年迁入城县治东南隅，二十四年立为丛林，有司习仪在此（顾志）其左为钟楼，高凡三层。』

留在史典里的大雄教寺几乎离不开大雄铜钟的历史。《大雄教寺铜钟款识》完整地记录了大雄铜钟的诞生：『洪武七年甲寅二月三日吉时铸造，长兴县知县萧洵守御千户所官刘显监工，儒士华清耆宿徐文闻达庐亭。十方施财军民善信，佛光普照福寿同臻。杭州府富阳县何子范何均用铸造。大雄寺住持僧惟演，募缘僧如渊。』

二〇一六年腊月二十二大雄教寺护法殿竣工，并举行迎请泥观音落座法会。

典籍诗话

寺观·大雄教寺

清同治长兴县志卷十五第一页

唐释皎然题报德寺清幽上人西峰诗云

陈世凋亡后，神祠识旧山。
帝乡乔木在，空见白云还。
双塥寒林外，三陵暮雨间。
此中难战胜，君独启禅关。

德清徐球登大雄寺钟楼诗

年来书剑托山城，钟动城南夜夜声。
一度凭阑秋色远，淡云斜日总诗情。

魏星杓大雄寺诗

城南寻帝宅，问讯刹那居。
五主屏风在，千秋劫烧余。
金瓯乘偶隙，玉树恨终虚。
悟否前尘幻，禅僧入定初。

长兴县县级文物保护单位
钟楼

大雄教寺

碧岩禅寺

碧岩禅寺，原名碧岩精舍，据《长兴县志·顾志》载：宋淳祐初（一二四一）华亭僧如莹至山，夜止岩扃，有白衣人语之曰：『岩上平衍可庐以居，且尽得峰峦瀑布之胜。』一老人傍立曰：『弟子白龙王也，师为是居，当守护伽蓝。』已而施者纷集，遂成宝坊，题名『碧岩精舍』。后遭火，僧智仁重葺，自山址为石凳八百三十级至庵前。下瞰太湖，为一方胜境。元至正十六年（一三五六）毁于兵燹。明洪武十年（一七三三）重建，并寿圣禅寺。《长兴县志·邢志》记载：空谷隆禅师说法于此。万历中僧广融、崇祯中僧净心先后构造。清康熙中僧绛雪大葺之，乾隆九年（一七四四）僧慧琳又改拓之，并置『人村下院』，嘉庆五年（一八〇〇）僧普能重修大殿，重修明月堂。一九九八年由体禅法师住持重修的碧岩禅寺，依势建在碧岩山上。二〇〇八年在社会各界支持下，重建上院金殿和中院药王殿。碧岩山中，森森林莽，一座伽蓝展示出庄肃的身姿。

一跨过端庄的山门，清洌的放生池中，一尊汉白玉观音菩萨亭立于盛开的莲花上，放生池东面的九龙千佛壁如一屏玉壁矗立在山门的旁边，消弥了禅院外的市声与动念。从放生池西面拾级而上迎面就是天王殿。天王殿屋顶雄浑而舒展，门廊一字排开的四根盘龙青石柱，显得严谨庄重。天王殿正后是一座带亭子的回廊，新昌大佛寺方丈悟道法师题的四个金字『碧岩禅寺』在青瓷般的山雾里熠熠生辉。三圣宝殿古朴庄严，供奉西方三圣。终日香烟缭绕，烛影摇曳，木鱼声与诵经声在大殿里汇聚融合。三圣宝殿台阶侧放着一方汉白玉石碑，苔藓与风化如同岁月的手指在石头的表面留下斑驳的印痕，但我们依稀能辨识出上面的碑文：临济正宗三十三世悉如智苍月印禅师寿塔。

碧岩禅寺由上院、中院和下院组成，一脉清澈的碧岩泉穿过中碧岩，把上中下寺院贯通，处在弁山的怀抱里。山径至顶前，有一石洞，清诗人施闰章当年游历碧岩时写道：『寺东有洞如龙口，草木旁缀为髯径』。清县志载同期散文家吴光对山洞的描述：『洞中石如舌隆起，或云空谷隆禅师，恒趺坐石舌上也。相传空禅师住山时，湖中龙来听法，遗龙种焉。僧言有客以竹篇贮之携去，未过岭，雷雨大作，客惧送之，资福寺供，钵中倏不见龙，洵神物矣哉』。文中所提空谷隆禅师，为临济正宗第二十世，与碧岩禅寺有着悠长的渊源。据袾宏《皇朝名僧辑略》所录的空谷自撰《塔铭》曰：『余生姑苏洞庭鼋山陈氏，父字显宗，号月潭处士，母金氏。余讳景隆，字祖庭，号空谷，生于洪武癸酉七月十二日。永乐壬辰，从弁山白莲懒云和尚受学参禅，即南极安禅师也，得临济正传二十世。』清纪荫撰《宗统编年》卷二十九记载：『庚寅六年，禅师弁山下碧岩空谷景隆寂』。当代高僧印光大师这样评价空谷景隆禅师，『虽宏禅宗，偏赞净土。为大师祖也』。碧岩禅寺因空谷隆禅师的住山讲法而被禅宗界所传诵。

金殿往西前往珠帘泉的路仍是古旧的青石小径，崖上有竖峰刻『清空世界』四个大字。旁署模糊，僧云是东坡题点，是为碧岩之美谈。

碧岩禅寺是湖州市和谐寺观教堂创建先进单位。传说吕洞宾摔药箱于此地，故弁山在民间被称为药山，中院药王殿即是民间药王信仰的渊源。目前碧岩禅寺在长兴县人民政府及图影开发区的大力支持下，携手台湾妙广禅寺、净因佛寺全力打造药师道场，两岸共力弘扬药师文化，造福人民，和谐社会。

典籍诗话

寺观·碧岩精舍

清同治长兴县志卷十五第十二页

碧岩精舍（旧作禅庵）在县东四十里弁山。宋淳祐初，华亭僧如莹至山，夜止岩扃，有白衣人语之曰：岩上平衍，可庐以居，且尽得峰峦瀑布之胜。一老人傍立，曰：弟子白龙王也，师为是居，当守护伽蓝。已而施者坌集，遂成宝坊，题曰碧岩精舍，后遭火，僧智仁重葺，自山址为石磴八百三十级至庵前，下瞰太湖，为一方胜境。元至正十六年毁于兵火。明洪武十年重建，并寿圣禅寺。（顾志）

空古隆禅师说法于此，遂名寺。万历中僧广融，崇祯初僧净心先后构造。国朝康熙中，僧绛雪大葺之。乾隆九年，僧慧琳又

改拓之，并置人村下院。嘉庆五年，僧普能重建大殿重修明月堂。（邢志）

元金文质诗

暖风扶醉上春山，天目铜官指望间。
震泽平铺青镜小，香兰一抹翠眉弯。
醉多陶令难投社，坐久维摩懒出关。
此日狂游真孟浪，不知生世在尘寰。

明张睿卿序

碧岩寺自宋淳祐华亭僧如莹开山于此，有白衣龙王之感。石磴八百三十级，僧智仁所创。迨至正间毁于兵。成化间有僧空谷，往来说法于此，神通更异。第山势、迁陟云。衲游迹不常，佛庐僧院半就倾圮。万历中，湖城铁佛僧广融飞锡来此苦行焚修。檀施一时云集，新其寺，倩余为志，时辛丑夏六月。

丁凝碧岩寺诗

不怕穿云路最危，有林泉处短筇随。
花从积雪销方盛，石自惊湍激益奇。
一径依崖开小有，千峦抱寺护毘尼。
松关竟日无行迹，好与山僧约采芝。

卫琨诗

巉岩古寺入云峰，联袂登临兴自同。
水滴珠帘疑带雨，云连龙岫宛成虹。
千重树色斜阳里，一片湖光返照中。
闲卧禅房残梦觉，心游物外与天通。

魏星杓诗

隆公此栖禅，趺坐持半偈。
具区起潜蚪，月下听真谛。
湖光肆延瞩，滉漾极无际。
当年遗蜥蜴，犹作攫拏势。
至今洗钵池，聊供客游憩。
试问入空僧，知阅几人世。

施闰章游碧岩记

碧岩，故弁山，高处距水八九里，石磴欹危，芒履竹杖累力而后至。屋后石壁十丈许，冒以老藤，下覆石泉，中有物如蜥蜴蜿蜒五色，祷雨则取之，或时不见，谓之龙子池。产茶与庙嶰相敌，然皆寄生箐篁岩石间，滋以云雾，僧蚁附而撷之，曰野茶。最高者云峰，尤清绝不多得。寺东有洞如龙口，草木旁缀为髯，径西则珠帘泉下泻为瀑布，凭岩面太湖，澄泓无际拍臆荡胸。岩石皆累峭，初至山腰望之若崇墉，苔藓绣错，山称碧岩或以此。苏文忠尝题字其上，今剥落，犹仿佛可辨。山高寒，难久居。士大夫非有济胜之具，又躭冥搜者，恐不能为是游也。戊申七月二十四日。

叶增咏碧岩十二景诗

瀑布泉

入山未半里，处处风泉鸣。
风泉鸣不歇，客心清更清。

珠帘水

何来一派水，纷下作帘栊。
千载无人卷，但觉春山空。

七星石

落落七星高，不谓俛可睇。
持此问阿谁，君平久弃世。

龙口洞

毒龙张其威，隆师此持戒。
焉知龙性驯，但参舌识界。

香炉峰

炉峰萃然起，上有孤松横。
纷纷唾碧雾，遥遥闻太清。

鹦鹉石

鹦鹉胧西鸟，化身偏向东。

人间锁不住，昂首四天空。

望湖亭

亭当天阔处，揽尽吴天势。
惜哉限高寒，五峰乃宜世。（五峰山有望湖亭）

酌泉亭

不见酌泉亭，珠泉走砰湃。
攲斜石磴间，云是当年界。

洗钵池

流传洗钵地，五色灿光晶。
不晓神物意，何取一勺清。

金莲池

欲得金莲长，须假方便风。
揭来何所见，寒藻舞澄空。

舍身崖

陟上不知高，直下茫无际。
此身舍与谁，且住人间世。

不朽木

至人长不死，手植亦殊怪。
眷此三尺心，悼彼十千界。

三尊金相龍吟象鳴登法座

三聖寶殿

觉成禅寺

觉成禅寺是太湖西南岸一座古刹。寺院背靠独姥山，旁携图影桥。返回到二十世纪，站在觉成禅寺天王殿前，我们依然能够感受到典型的水乡河网地貌，以及我们的祖先依水择高地而居的智慧。清同治《长兴县志》记载：『独姥山在县东五十里，高五丈，周一里，踞太湖之滨，一名别峰山，有别峰庵，东入乌程界』。独姥山一带人类定居的历史可推到吴越春秋时期，它紧邻『三城三圻』邱城旧址；唐宋时期，环独姥山附近已成当地的中心，别峰禅寺就这样守护着我们祖先的日常生活，并为其提供精神慰藉。

县志为我们提供了很完整的沿革概况。清同治《长兴县志》记载：『别峰教庵在县东六十五里（张志作五十里）独姥山，宋淳熙间（一一七四）建，元末废，明洪武四年重建，并大雄教寺，相传吴孙皓葬父于此。（顾志）国朝雍正间复燬，乾隆四十七年僧本觉苦行募建；嘉庆六年增建观音殿、弥勒殿，今名觉成禅院，邑人朱栋为碑记。其东南天香室雍正元年僧心翼建，嘉庆四年僧静修重修，八年增建华严堂。其南碧林堂僧以成建，乾隆四十四年僧昌宗重修（邢志）。同治十二年重修』。

民间更是赋予觉成禅寺神密的色彩，自古有『龙珠』之称。寺座坐东朝西，与碧岩禅寺『清空世界』遥遥相对，恰是居『龙珠』之正穴，占尽圣地之灵气；左侧青翠弁山环绕，象征青龙之势，右侧茫茫太湖环拥，匹配白虎之形，中国风水学上推崇的左青龙右白虎之格局，天然自成。

现觉成禅寺内仍存有一块破碎的石碑，碑头题名《觉成禅院碑记》。碑碎为大小四块，且下方明显部分残失，致使每行均有缺字，兼字迹模糊，为：『觉成禅院在弁山东麓□姥山下，即古别峰寺故址……建大殿三间……殿前增建观音殿五间，中塑白衣大士像，东西两间为禅房……』虽碑文残缺不堪，但却提示了三点重要信息：一寺院原址在独姥山下，即古别峰寺原址；二寺院曾供奉白衣大士像；三碑记撰于清嘉庆甲子年（一八〇四），邑人朱栋所记。透过残缺碑文，虽世代更替，但依旧为后人提供了清晰的脉络，也为觉成禅寺为县域内唯一白衣观音信仰提供了文献上的佐证。当地世代口口相传着：在这风水宝地，诞生了白衣大士，灵验慈悲无尽，行善救苦无数。为让白衣大士久护这方水土，寺院专塑白衣观音像供奉。觉成禅寺为白衣观音道场，这一美名便传播遐迩。直到『文革』前，寺院基本保持原貌：前弥勒殿、中间为白衣大士观音殿、后大雄宝殿。寺院前一棵古银杏树傲岸挺立，卓尔不群，传说其与寺院一样久远。

一九九九年，寺院批准开放，易名为觉成禅寺；二〇〇三年妙良法师继任寺院当家，重建天王殿，恢复白衣观音殿。

目前，长兴图影生态湿地文化园作为县重点开发项目，总面积达五千亩，是集原生态展示、文化宣讲、旅游观光、休闲度假于一体的综合性文化旅游景区。觉成禅寺成为文化园区内唯一保留在原址上的建筑，并将规划重建，继续守护太湖边最后一片原生水漾。让来者隔着时光，触摸明代大家顾应祥当时为别峰教庵题的诗境：『僧定时闻磬，渔归远听钟。』

典籍诗话

寺观·别峰教庵

清同治长兴县志卷十五第十三页

别峰教庵在县东六十五（张志作五十）里独姥山，宋淳熙间建，元末废，明洪武四年重建，并大雄教寺，相传吴孙皓葬父于此。（顾志）

国朝雍正间复毁，乾隆四十七年僧本觉苦行募建，嘉庆六年增建观音殿、弥勒殿，今名觉成禅院，邑人朱栋为碑记。其东南天香室，雍正元年僧心翼建，嘉庆四年僧静修重修，八年增建华严堂。其南碧林堂，僧以成建，乾隆四十四年僧昌宗重修（邢志）。

明·顾应祥诗

雅爱湖边寺，幽临水上峰。
暝烟含翡翠，秋雨净芙蓉。
鳌极驾来稳，鲸涛任自冲。
鸥盟隔浦溆，鹤立背岩松。
古洞烟萝合，飞梯石藓重。

檐牙妨过鸟，池面跃降龙。
僧定时闻磬，渔归远听钟。
少耽游览胜，老觉应酬慵。
已悟三乘妙，犹嫌百虑憧。
奇探元有意，幻住拟相从。
借榻挥谈柄，参禅竞舌锋。
还将一转语，持去问南宗。

山·独姥山

清同治长兴县志卷十第五十页

独姥山在县东五十里，高五丈，周一里，踞太湖之滨，一名别峰山，有别峰庵，东入乌程界。（张志）

国朝鲍鈖记。登高兴发，君子所子，游览表迹，在昔有作，不俟遐搜穷揽，骛名振奇，从乎众而后愉快也。独适于已，斯无斁焉。譬彼朊仕腆禄趋竞者，讵能谦退乎。珍宝奇货征逐者，讵能廉让乎。而懒慢之夫，知不可以幸捷而得之，则束手敛意矣。维兹独姥，其人置而我采者欤。往秋之辰，尝一莅止，时而春矣，施施再来，系鞋凭陵，轩眉周玩。村聚绮错，林郛绣。

金剛佛體無上堅固勤勉勵行
覺成禪寺
共承佛法莊嚴佛土光明照耀

白衣大

天圣禅寺

顺着长兴李家巷大道，行至章浜村口约两百米处，便可望见庄严殊胜的长兴天圣禅寺。寺院坐落在村庄的田间陌里，琉璃瓦在阳光下烁烁生辉。一道清澈的河流穿过寺院，寺院广场与乡里民间的小道天然融合，别具一格。

天圣禅寺，原名度生庵，据清同治《长兴县志》卷十五记载：度生庵在县东十里（谭志）。民间传说始建于明嘉靖年间，历史上度生庵与汤家斗、洪桥所在两座庵堂齐名，为长兴三座名庵之一。现在寺内保存完好的清代观音像，见证着寺院几经兴衰的历史变迁。

度生庵缘起于一尊千手石观音像。清朝嘉庆年间，浙江沿海海盗四起，朝廷派出镇寇之军，一位陈姓将军领军路过此地时，只见东面地上闪过一道金光，走近细看，竟然是一尊千手观音石像从地涌出。因缘具足，在陈将军提议下，周边百姓们为千手观音菩萨像盖了一间观音殿。大慈大悲的观世音菩萨，千处祈求千处应，慈善广度众生。度生庵缁素日增，香火渐盛，寺院规模也逐渐扩大。传说度生庵鼎盛时，庙产占地几十亩，有大殿、厢房等上百间。

据当地的老百姓说，解放前还存有三进大殿及两侧厢房十多间。后遭浩劫，寺院建筑及佛像均遭毁坏。但是每到观世音菩萨生日、成道、出家三大圣诞日，善男信女们纷纷来到寺院旧址上，将废墟上的杂草清理后，上香、拜菩萨，祈福还愿，民间以这样的方式让度生庵香火不断。

直至本世纪初，度生庵重建、审批工作开始。二〇〇三年，由当地善信杨佰云、王仲富、杨彩芳等人带领下，启建观音殿，建成后，一座在一百多年战火中一直被当地居士们珍藏、保存完好的清代木雕观世音菩萨像，再现寺院，供奉于观音殿。

二〇〇五年，当地政府礼请释觉岸法师入住寺院，二〇〇九年经湖州市、长兴县民族宗教事务局正式批准开放，更名为天圣禅寺。十多年来，觉岸法师致力于建寺安僧，修行弘法。从仅有的一间观音殿和一间厢房起，将周围原来寺院基地一点一点收回。在重建寺院过程中，嘉庆年间地涌千手观音处多次显现祥瑞之象，望朔之日群群喜鹊绕着欢快地飞舞鸣叫，当地传说或有金光出现，甚至可见千手观音显现，可谓观音灵感赴道场！觉岸法师就地重建观音殿，恭请一尊千手观音，与清代观世音像一起供奉于殿内，供四方信众礼拜。之后改建三圣殿，兴建斋堂，厢房等十多间，二〇一四年大雄宝殿落成，释迦牟尼佛像开光，院前广场、迎请露天四大金刚也次第圆满。寺院环境整洁、活动有序、管理规范、清净祥和妙庄严。

二〇一一年寺院获得湖州市和谐寺观教堂称号。觉岸法师嗣法天台宗，秉承『一念三千·三谛圆融』的大乘教义，严持戒律，将修行落实于当下，常年如理如法地开展各项佛事活动，泽被十方信众。续佛慧命，利乐有情，将佛法融入世间，开创一方净土。

四大本空五蘊非有是爲波羅蜜多心
諸惡莫作衆善奉行已了如來真實意

大聖禪寺

龙华禅寺

长兴县李家巷镇弁山南麓云岩处，有弥勒峰、象王峰，青龙岗、狮子岩，周边天井岭、六和泉、花石涧、宝珠池等龙华八景。坐落此间的龙华寺，素来与寿圣寺、碧岩禅寺、清凉禅寺同称为长兴佛教四大丛林。历史上曾宗风盛炽，时为曹洞云门法系三大丛林之一，是禅宗下与临济齐名的曹洞宗一大法场。在曹洞宗派中有着举足轻重的地位，堪称曹洞宗祖庭。

民间传说由梁武帝时驸马都尉吴僧永在自己的封地（现吕山境）始建龙华院，据《吴兴县志》记，至唐咸通十五年重建改名为普广寺，明洪武十一年寺院迁址弁山，旧址改为下院。据县志记，历史上龙华寺还曾名龙华禅寺、圆觉庵等。后几经建毁，已无从考证。《长兴县志》载：至明朝崇祯三年（一六三〇）五月，绍兴云门瑞白明雪（曹洞宗正宗传三十三世席）谢辞师尊湛然大师之请，预去终南山潜心研佛。途经湖州，照宇和尚礼请瑞白明雪卓锡弁山重建龙华寺。瑞白禅师左右环顾，只见北大坞、青龙岗，远水交赴，前襟坦透，群峰冲陆，箕抱屏拥，是弘法利生之胜境，便欣然答应。在李济美等居士的帮助下，建静室五间，开启了龙华曹洞法脉之宗。

瑞白禅师卓锡弁山期间，在湖州白雀寺、乌镇圆义庵、天台护国寺等开堂讲法。振佛祖将坠落之宗风，开人天翳之眼目，使曹洞一宗丽如杲日，被誉为中兴之主。钱太师序《瑞白禅师语录》中说『弁山有天台犹孔之有孟，老之有庄，父子一家，弘扬至道，皆归无为之化也。』

瑞白明雪主持龙华寺十三年，奠定了根基，于丙子年

（一六三六）因病南隐崆峒，留下《瑞白禅师语录》十八卷。后有久默大音、离言净义、蕃光净璨等大德高僧相继主持龙华禅寺，寺院日益鼎盛，缁素香客云集，康熙四十六年御赐匾额『澄照寺』，被誉为海内名刹。

瑞白明雪座下得法弟子三十多人，龙华曹洞宗法脉遍及大江南北：著名的白光大师、主峰禅师明末时在龙华寺出家受具足戒，后弘法至武汉，创建归元寺，被尊为曹洞归元法系的开山之祖；破闇净灯在龙华寺受法后，到镇江焦山定慧寺弘扬曹洞宗法，开创曹洞宗焦山法系，现曹洞焦山法系遍布海内外。

弁山龙华自瑞白禅师开宗以来，虽历经兴衰，但法脉从未断代。解放前，龙华寺主持自成法师时任长兴县佛教会副理事长（《长兴县志》载）；时至二十世纪九十年代初，佛教场所百废待新，当地众信发心筹资重建龙华寺，一九九七年大雄宝殿落成，同年龙华寺正式批准开放，觉伟法师任当家。二〇〇〇年，智宏法师继任后，天王殿、三圣殿、山门、厢房等先后圆满。在重建过程，尽量保存原有传统文化，如天王殿内韦陀菩萨坐像，精心保存流传下来的清代旧印鉴、石碑、助田碑及陈立夫所题『龙华禅寺』摹本等古文物，无不让人遥想龙华历史上的兴盛。二〇一五年，智宏法师还根据寺院的历代高僧辈出，集思广益，编辑出版了《龙华禅寺历代住持和名僧》，为龙华寺开宗嗣法，并为禅宗文化研究提供了较完整的文献资料。

目前，龙华寺为湖州市和谐寺观教堂创建活动先进寺院，住持智宏法师为长兴县佛教协会常务理事。智宏法师以中兴龙华寺为己任，将完成寺院整体规划，启建瑞白明雪纪念堂，编写龙华寺文化丛书等，努力重辉弁山龙华之曹洞宗之法场。利乐有情，化度十方。

这座千年宝刹，以其得天独厚的禅宗文化和秀美的弁山风光，成为帝乡佛国的一颗耀眼明珠。

典籍诗话

寺观·澄照禅寺

清同治长兴县志卷十五第五十二页

澄照禅寺在县东南二十余里弁山之阳，旧名龙华禅寺，又旧名圆觉庵。元至正十一年毁。明洪武十一年重建，寻废。崇祯初明雪和尚卓锡来此，宗风丕振。诸生李济美舍山二十亩建佛禅堂，后嗣大音，式宏轮奂，郁成丛林。有弥勒、象王二峰，狮子岩、青龙冈，天井、桃花、正中三岭，六和泉、花石涧、宝珠池诸胜。太保闵洪学记。国朝康熙四十六年赐今额。（参张志谭志）

吴绮诗

几年车马抗尘襟，乘兴来游祇树林。

满院碧烟疑晓雨，入门香雪扑春阴。
半岩积素寒犹浅，一曲流觞味转深。
归去郡斋应有梦，虎溪何日更招寻。

鲍鈖春杪偕冯广文游龙华寺诗

竹色上参天，松杉夹道边。
到门方见寺，敷坐不离禅。
箭笋分香盏，枪茶斗石泉。
日长闲侧景，庭午足留连。
弹指年华易，偷闲得重寻。
人惊老病死，境悟去来今。
破额宗风畅，曹溪法乳深。
它时清净退，访尔共抽簪。

又独游龙华寺迟止谷禅人不至诗

数里苍烟古木平，阴森白日逗微明。
客来自觅安心法，鸟去惟闻落叶声。
世外旃檀殊有味，座中龙象不须惊。
道人忽漫游蓬户，乞食应过舍卫城。

又澄照寺祷雨饭僧二首

栽田吃饭与人同，大地仓生望岁丰。
愿化醍醐千道乳，滂沱一洗旱虫虫。
折脚铛中得未曾，日中一食苦相仍。
多知粥饭因缘在，为设伊蒲供养僧。

钱芝诗

半山残照雨初晴，仄径萦迂杳不分。

禅室忽于林隙见，钟声远在树梢闻。
溪能绕寺停春水，石故门当锁暮云。
他日身闲应老此，清猿幽鸟已盟君。

卫琨诗

松径苍苔老，秋山古寺清。
一痕移雁影，五夜落钟声。
客梦惊禅定，僧归带月行。
于斯堪遁迹，何必逐浮名。

吴正方龙华寺诗

古刹护云林，幽寻一径深。
瀑飞喧野碓，松老挂苔岑。
雾敛红亭出，岚凝薜洞阴。

诸天长习静，趺坐涤烦襟。
狮象威仪肃，人天供养殊。
七条不怖鸽，五戒喻传珠。
梦得天龙否，鞭行良马无。
老夫高兴极，爱与灌醍醐。

邑令邢澍宿龙华寺诗

宗教盛空王，庄严传古寺。
当暑行田劳，闻钟命倌憩。
三岭入暮岚，五峰卓高翠。
竹里清涧流，壁闲瀑泉坠。
风声动檐铃，月色照碑字。
止梵僧定禅，烹茗童无睡。
道心暂为闲，人境还多累。

申旦辞林壑，回首缓车骑。

吴庆埏澄照禅寺常住田碑记

梁普通七年，达摩西来，般若智灯，运光震旦。余二世祖僧永公舍第宅为龙华院，即今之下院也，此龙华著名之始。厥后屡废屡兴。至明怀宗改元，瑞白禅师自云门渡江，驻锡弁山，更于院之东北青龙冈斫榛莽、运木石，成静室五楹，仍名龙华。师固南宗弟子也，开八正之门，坦众圣之路，丕振宗风，缁流云会。后嗣大音，式宏轮奂，郁为丛林。国朝康熙四十六年，圣祖仁皇帝赐名澄照。金姿宝相，永藉闲安矣。然熏修丈室者，不能率众离祇树园持钵乞食，因置田一百七十五亩，山一千七百五十五亩。昔地藏琛禅师谓禅家曰：诸方说禅浩浩，地争如我此间，栽田博饭吃耶，吃饱饭后可以行不舍之檀施，洽群有。越二十三世，频吉、智祥复扩充之三倍于昔，檀波罗蜜奚憖难得哉。无如继此而住持者，陨越戒律，售田易钱。咸丰三年第四十□世圣皋和尚来主席，其有据可查者，赎回三十八亩。总计常住田仅得二百八十九亩一分七厘，山如旧数。其卖而无从稽查者，俟之后哲焉。夫圣皋禅师何尝敲梆带索持簿沿门率以朝夕，礼拜之资积其直耳。又恐继自今，受衣钵者不率祖训，曹溪滴水濬波仍易竭也，丐余为记，以示后嗣。余，僧永驸马裔也，未可以不文辞焉。

宗教活动场所
湖州长兴龙华禅寺
国家宗教事务局监制

迷途知返顯大雄大悲大慈诸佛常轉法輪
覺路廣開度無量眾數無邊眾生同離苦海

正觉寺

『吴兴佳山水，弁山众峰尊』，众峰之尊的弁山，又以碧岩、秀岩、云岩为最佳。长兴正觉寺址于弁山西麓云岩峰畔，旧名白莲寺。宋淳熙建，明嘉靖毁于兵火，隆万间僧明坚重建，大海宗师奏请赐额，得名正觉寺。

《长兴县志卷十五·寺观》载明唐世济《正觉寺碑记略》云：『盖闻弁山之中，其有古刹岿然于弁山之西北者正觉寺也。瑞相金容，法云氲霭，顾瞻法界，名胜非常。左有石躩立数仞，壁下有石渎迸泉，波光澄澈，亢旱不涸，时有白莲上浮于渎，故相传以名其寺。寺之圣缘神迹其来远矣，考之邑志创自有宋淳熙，久而湮，复兴于国朝。宣庙时嗣有大海宗师左□世退职焚修本寺，海师禀竺乾之妙旨，统五叶之纲宗，阐扬大法于天顺肇元，八月奏请赐额，制曰可，斯正觉之名著焉。』从此碑记可判正觉、白莲先后异名，并非两寺，但当地百姓却习惯称其为避洞寺。旧志据莲花院下《劳府志》谓：『莲花寺在避洞，旧名「白莲庵」』。今查避洞二所，一在乌程界，一在青草坞界，基址虽废，遗迹犹存，与云岩之正觉寺相距数里，似乎非一寺。历来寺院或就近易地重建或寺名迁用时有发生，也许古莲花寺因为避洞的传奇，而曾迁建于此。弁山西确有一山洞，数十年前有勇武村民腰缚麻绳，下探其洞，发现洞内宽广，其上下落差竟达数十米，洞内有简易的石质坐卧之具、石碗石桌等生活用品一应俱全，不知何年何月，何方高人曾息止于内。民间于此洞，传奇颇多。相传黄巢于宣州在清明前两日起兵冲入长城（长兴古称），当地百姓逃匿至山洞避之，躲过一劫，后当地人民渐成于清明后补节一日的习俗。关于山洞更有传说：唐代一公主出游江南，路经当时荒郊野岭的弁山一带，会山贼出没抢掠，慌不择路误入山洞避难数日，安然脱身，后大兴赏赐以志谢恩。避洞一说便流传于民。

民间传说永远鲜活，且能适时地补位正史的空白。正觉寺虽在明清典籍里有清晰的记载，但当地世代相传的却是避洞寺的佳话，云岩下的正觉寺反被淡忘了。久而久之，避洞传奇成了正觉寺的坊间奇闻。并历经了各种劫难，在天灾人祸的风雨里顽强地延续着佛法的慧命。直至二〇〇八年，弁山西麓千年古寺，终于经市、县民宗局批准开放，并重返正觉寺之称。青草坞信众礼请释传僧法师任当家。寺院劈山而建，巧借岩石的暗托，寺院便宛如挂在悬崖之上，远远望去，巍峨高耸，像一幅玲珑剔透的浮雕，镶嵌在山崖间。拾级而上，三面皆是苍郁绿林，满眼翠玉横流，正觉寺便似温润的智者悠悠地散发出无尽禅意，静待来者领会。

正是：寂林深处修行，人生道里正觉。整个寺院布局设计以人为本，力求建筑布局与自然环境的融合。主要建筑有天王殿、大雄宝殿、钟鼓楼、藏经楼、海会殿、祖师堂、流通处、碑亭、长廊等，以主建筑大雄宝殿为中心，南面建有天王殿，飞檐斗拱；北有三圣宝殿和藏经楼，大殿东西侧僧人寮房斋堂会议室一应俱全。

二〇一五年，正觉寺顺利通过湖州市创建和谐寺观教堂各项考评，传僧法师为长兴县佛教协会常务理事，肩负着寺院基础建设、弘法利生的重任，众等共信：正觉寺将续大海宗师之脉，福慧众信，发正觉，持正知，行正道，得正果。

典籍诗话

寺观·正觉寺

清同治长兴县志卷十五第五十六页

正觉寺在县东南卞山之云岩，旧名白莲庵。明天顺间请今额。（谭志）

宋淳熙间建，明嘉靖中毁于兵，隆万间僧明坚重建。（邢志）

（明唐世济正觉寺碑记略云）盖开弁山之中绀宇宝坊，或久或近不知凡几，其有古刹岿然于弁之西北者，正觉寺也。瑞相金容，法云氤氲，顾瞻法界，名胜非常。左有石壁躩立数仞，壁下有石窦迸泉，波光澄澈，亢旱不涸。时有白莲，上浮于窦，故相传以名其寺云。寺负石岩，层峰嶙峋，如绛云出岫，朵朵笼罩，真奇观也。寺之圣缘神迹，其来远矣，考之邑志，创自有宋淳熙，久而湮，复新于国朝。宣庙时嗣有大海宗师，左□世退职，焚修本寺，海师禀竺乾之妙旨，统五叶之纲宗，阐扬大法于天顺肇元，八月奏请赐额制，曰可，斯正觉之名著焉。嘉靖中复遭兵燹，隆万间重兴之，是时比丘佛宗、法轮、月松，卧青天而叹三宝，泣赤地以庀百工，而文岳、文简、能庆、能戒，共竭心力以喁集，事具载天目徐公、了凡袁君二大夫疏内矣。时值岁歉，胜果未圆，所赖明坚上人精诚苦募，寒暑不履，所称赤脚师者是也。于时天应祥霖，民施宝镪，而大殿落成，其功岂浅哉。

国朝周祚宏游白莲庵诗

一路松声似涌泉，逢人辄问石桥边
野僧携笠穿花径，遥指云岩是白莲
绿情红意好晴天，忽忽钟声落照边
眞有清泉流石罅，可知此地涌青莲

（按唐世济正觉寺碑记）正觉白莲，先后异名，并非两寺。旧志据莲花院下劳府志，谓莲花寺在避洞，旧名白莲庵一条，疑与莲花院重见，今查避洞二所，一在乌程界，一在青草坞界牌岭，基址虽废，遗迹犹存，别名避洞寺，与云岩之白莲庵相距数里。

方外·大海

清同治长兴县志卷二十八第六页

大海，邑人，有道行。正统间召至京为戒坛宗师。冬夏一衲。人布施辄推与所居寺僧为修造费。官左善世后告归，居弁山白莲寺卒。（徐元禧志余）

（据本条目，可补全上条『左□世』所缺字为『善』字。）

清凉禅寺

清凉禅寺又称城山寺，古寺坐落在长兴和平城山顶上。城山，又名石城山，位于长兴县城南五十里许，海拔二百六十五米。石城山地形独特，山顶四方周广，西汉末年，琅琊樊崇于莒起事后，率赤眉军踞此垒石为城而得名，现尚存周长一千四百米古城墙，蔚为壮观。清凉古寺就安住在山顶古城中心腹地，开山历史可追溯至南朝宋元嘉元年，距今约一千六百年。寺院坐南朝北，由前殿正殿及配殿组成，东院现存三座清代高僧舍利石塔，寺前半亩见方放生池，芳草萋萋，水面如镜，宋代朱熹诗『半亩方塘一鉴开，天光云影共徘徊』，似乎就为此塘而作。

据清县志记载：城山古寺为南朝太守莫封舍宅为寺，初名慈氏院，后更名新安寺。时光流逝，石城山上寺院也历经沧桑，至唐武德年间重建，开元年间皎然诗僧曾修学于古寺；元末毁于战乱，明洪武四年重建，明景泰年间，无碍僧住持道场，名城山寺，法席大盛，永乐七年僧人鸠工修葺改名城山教寺。万历年间，正文大师捐钵资再创，莲宫焕然一新。至清光绪年间道士徐阳真人上城山入寺修行，于寺后建五留观，供奉祖师吕纯阳。徐阳真人为和平人士，道行深远且医术高明，住山期间为民治病，分文不取，留下城山庙探穴针灸之技的美誉，民间传说至一九八五年寺院的僧人还用古老的银针为群众治病救人；民国年间改名五运宫。现昔日楼阁易容，但寺院内四口泉井，终年盈水，甘洌沁心，默默润泽一方乡土。古城墙在修竹荫林里安然淡定，北侧山坡上元代十三尊石佛像依山石而造就，线条流畅、神形兼备，目睹世人或朝山礼佛、或踏春访雪。

石城山清凉禅寺风风雨雨一千多年，其佛道合一的兼容文化，演绎出许多动人的故事。至一九八三年城山清凉寺被列为县级重点文保单位，长兴县人民政府拨款修缮，对明清两代修建寺院的碑记、舍利塔进行保护；二〇〇三年清凉禅寺被定为省级文物保护单位。为了让文化底蕴厚重的石城山重放光彩，二〇〇七年政府再次对古寺及山道等周边设施进行修缮，翌年工程圆满。古清凉禅寺随同石城山成为长兴四大名山名寺之一，二〇一二年古刹清凉禅寺以其深厚的历史沉积和多元文化汇聚，被列为全国重点文物保护单位。

清凉禅寺于一九九七年经政府批准开放，是我县早期开放寺院之一。一九九九年海觉法师住持清凉禅寺，海觉法师立志弘法利生，为方便信众礼佛修行，应大众心愿，在石城山腰处规划了一座气势宏大的新殿宇。二〇〇三年新规划启建，至今十二春秋，新寺初具规模：圆通殿、观音殿、药师殿、地藏殿、玉佛楼、五观堂、讲经堂、禅堂等设施功德圆满，现大雄宝殿正在筹备中。清凉禅寺正以其日新月异之势，为石城山带来新的福德因缘，古老深幽静谧的禅院与礼佛禅修设施齐备的新寺形成整体，悠悠晨钟暮鼓，从山顶缭绕至山下，让来者无论是上山还是下山，都如踏在回家的路，前方永远亮着家园之灯。

现在清凉禅寺是湖州市和谐寺观教堂创建活动先进单位，正致力于建设长兴南大门精严道场，为弘扬『帝乡佛国』文化而勇猛精进。

典籍诗话

寺观·清凉禅寺

清同治长兴县志卷十五第二十三页

清凉禅寺在县西一里五峰山下，旧在和平镇，号化成庵。宋治平二年改今额，元至正间迁于此，明洪武二十四年立为丛林。（顾志）

国朝乾隆间大殿倾圮，尚待募建。（邢志）

明住持沙门净滋重修城山寺并建禅堂碑记

吴兴之南五十里许，一峰陡矗，蜿蜒上环，其巅者，城山也。梵宇隐现，平田林麓者，城山寺也。其寺按志旧名慈氏院，宋文帝元嘉六年建威将军莫封始建，易名新安寺，或云莫封故宅舍之者。宋治平二年复名慈氏院，唐沙门灵皎作碑文，毁于元。明洪武四年重兴，永乐七年住僧鸠工修葺改名城山，以其山而名。其寺也，多易星霜，圣像失色，绀殿倾圮。万历年间，寺中老衲正文捐钵资为创，十方善信从而和之，富者布金，贫者施力，莲宫焕然一新，如来像、开土像、罗汉像、祖师诸天像金碧辉煌。帝纲交辙，文衲年老谢事，徒孙复初慨然曰，殿后隙地可堂也，山门低小可拓也，经之营之，不遑宁处。里善人许谷莫福遂捐地助缘，翕然应者如云如响。堂之成也不日，宜也，非幸也。又以龙象交参，非置产不足为香积之资，复募田若干，地若干，丛林所应为者皆为之，虽非百丈马祖规矩，而保社亦有可观者。崇祯十七年，乃檀协诸勤旧，圆明朗然、三明抱一、凝若实存、广鉴体元等，护许费二姓，延余挂锡，安众说戒，提倡宗乘，开讲义学。若夫真阿练若，有山可远眺，有池可放生，有狮山□□可啸傲，有仙桥灵枫可传心，毳衲禅侣集于其间，恢恢乎大力量人，庶几足以主此席哉。余也素志幽僻，退院只而栖，匡徒领众，才所不能也，德所不堪也。后之人住斯院者，知前人拮据之难，独以有志向上者同居之。况斯殿也、斯堂也、斯田地园林也，朱经筵平原、臧博士晋叔、丁仪部慎所、冯宪副鲁宇及诸檀越血汗脂膏，乐而共成者也。

知县袁大任重建清凉寺后殿碑记

庙宇之兴，虽有时数而人力居半焉。余莅任时行香至西门外里许，五峰山之麓清凉寺中有僧梅峰接见，观其品貌端正，知非俗僧，询之绅士皆道其勤慎诚悫，是以能建修是寺。由山门、大殿、后殿、两旁殿及两旁屋于嘉庆辛未年三月启建，癸酉四月告成。无如庙运尚未全亨，道光三年七月后殿被火灾。而梅峰立志愈坚，即于后殿基址上设大悲阁，进关念佛，自忏至四年冬前后董事施主相劝出关，五年募化重造，至十五年又告成。规模宏壮仍如旧，而金碧辉煌胜于前是。盖梅峰善念之坚，有以感动施主，亦施主乐善之诚，有以相信梅峰，两善合，故难于始而易于终也。至于庙宇之由来，捐施之由起，已有碑记在前，兹不复云。

咸丰十年毁。

元沈贞清凉寺诗

招提劫火余，陨基土花碧。
梁栋已摧毁，无地可托迹。
饥乌啄枯槎，黠鼠穴古壁。
淋雨积涂潦，断碑布行石。

明丁元荐结夏城山李用父见访诗

忽讶空山屐，相看有故知。
解衣贪就竹，趺坐爱临池。
老衲闲钟磬，鸣蝉佐酒卮。
片云来骤雨，不是为催诗。

国朝鲍鈖晚过清凉寺诗

破寺藏深碧，清凉世外寻。
风宜递秋响，雨不满空林。
野草殿前合，青山屋后阴。
上堂闻法鼓，栖鸟本无心。

钱焘集游清凉寺以心清闻妙香为题分得妙字

风从何处来，月向怀中照。
心得一以清，香惟众而妙。
烟烟自徘徊，漠漠相感召。
消息已全通，拈花或微笑。

何承燕初夏游清凉寺诗

空亭不到几经春（寺后有爽心亭），古寺重来碧草新。
软语幽林禽婉转，小妨蜡屐笋圆匀。
留宾却借伊蒲馔，成佛还看慧业人。
假我慈灯照归路，底须前路怅迷津。

全国重点文物保护
城山古城遗址

法海寺

和平法海禅寺，位于和平镇吴村久龙山，是一座深藏重山之间的寺院。数十座山峰，峰峰如莲，簇拥着处在莲心里的法海禅寺。寺前一潭如镜的放生池，形如元宝，故称元宝潭，传说为龙饮之处，与大雄宝殿后的龙亭遥相呼应，为法海禅寺增添了诸多神秘色彩。清同治《长兴县志》卷十五『寺观·法海禅寺』载：『法海禅寺在县南嘉会乡报德山，唐时僧黄蘖建，明正统中僧无碍戒舟重建，蔚为丛林，天顺间赐今额』。可知法海禅寺开山祖师为晚唐之断际禅师黄蘖希运，至今已有一千一百多年历史；县志完整地记载了明僧道深所撰的《法海禅寺记》：『长兴嘉会乡报德山，唐黄蘗祖师创立之道场也。正统中僧戒舟依栖其遗址，得邑士周逵、潘景春、毛淑宗、吕淑安等施地，请无碍鉴禅师随山形势重建山门三间，两翼凡三十间及砌双池桥路，天王殿三间，左右钟楼，大殿七间，毗卢宝阁三间，高广五丈，层檐迭拱，金碧交辉。阁下为法堂，东西为方丈，内为观音殿，总百数十间，并伽蓝堂、祖师堂、禅堂、斋堂、庖廪厨库数十间，外置井泉、蔬圃、茶园、果园，树木甚繁。不数岁，成大丛林矣。天顺纪元敕赐额曰法海禅寺。礼部文札命鉴禅师钦度僧数百余员。内官韦公萧辈喜舍白金买诸瑱石立碑以传悠久，则亦不负灵山付嘱之善根矣』。

《法海禅寺记》为我们留下了法海禅寺辉煌的历史，曾获敕赐额，为『层檐迭拱，金碧交辉』的大丛林。而明代冯梦祯在《城山寺记》里佐证了无碍禅师重建法海及其名扬海内的史迹：『去吴兴郡治五十里而西有山最高大，下瞰群峰如儿孙罗列者曰石城，在长兴县界，顶四方而平，周五里。相传新莽时居民避赤眉之乱垒石为城，得名始此。上有清凉寺，唐武德中建，明景泰间有无碍禅师居之，法座大盛，缁素云集。师以山峻登者难焉，遂于山之西南麓创寺，名曰法海。师道声益振，朝廷赐额，由是清凉、法海遂为海内名刹。』

与所有寺院相同的命运，法海禅寺在朝代更迭、战火纷飞的近代五六百年历史里，几毁几建已无从考据，但法海灵井清冽甘美，丰沛千年，与青山绿水一起静静地守护着这一方曾经梵音连宵的净地。时至二〇〇九年，国泰民安，法海禅寺终于迎来二十一世纪的重辉光芒，忠学法师法缘具足，被当地信众请任住持法海禅寺。忠学法师幸蒙祖师护念，发大心行大愿，依山规划了设施齐全的法海禅寺，并在四众弟子的护持下，久龙山腹地再现『层檐迭拱，金碧交辉』之庄严道场。摩天、久龙叠翠，八百八十八平方米的大雄宝殿被双陵怀抱，雄伟恢宏，背靠龙亭，后两翼是地藏殿和观音殿；计划中在龙亭左右山峰上，各建露天文殊、普贤菩萨宝像，现八点五米高的文殊菩萨已端坐龙亭之东，如旭日为法海禅寺带来智慧之光；从龙潭到龙亭围绕着大雄宝殿，依山而建的华严殿、法海图书馆、卧佛殿、药师殿、福寿殿以及斋堂、僧傢等，已初具深山丛林之貌。晨雾暮霭中，钟鼓叩青山，梵音绕翠竹，重现『派承南涧平兴法海之波澜汪洋帀地，脉接西峰顿起德山之苍翠秀拔摩天』的胜境。

现在法海禅寺是湖州市和谐寺观创建单位，住持忠学法师现为长兴县佛教协会副会长。法海禅寺正以法海佛缘之路，广结善缘、广植佛种，利乐有情，普化众性。

典籍诗话

寺观·法海禅寺

清同治长兴县志卷十五第二十一页

法海禅寺在县南嘉会乡报德山，唐时僧黄蘖建，明正统中僧无碍戒舟重建，蔚为丛林，天顺间赐今额。

（明僧道深法海禅寺记）长兴嘉会乡报德山，唐黄蘖祖师创立之道场也。正统中僧戒舟依栖其遗址，得邑士周逵、潘景春、毛淑宗、吕淑安等施地，请无碍鉴禅师随山形势重建山门三间，两翼凡三十间及砌双池桥路，天王殿三间，左右钟楼，大殿七间，毘卢宝阁三间，高广五丈，层檐迭拱，金碧交辉。阁下为法堂，东西为方丈，内为观音殿，总百数十间，并伽蓝堂、祖师堂、禅堂、斋堂、庖廪厨库数十间，外置井泉、蔬圃、茶园、果园，树木甚繁。不数岁，成大丛林矣。天顺纪元敕赐额曰法海禅寺。礼部文札命鉴禅师钦度僧数百余员。内官韦公萧辈喜舍白金买诸瑱石立碑以传悠久，则亦不负灵山付嘱之善根矣。

清同治长兴县志卷十五第十七页

寺观·清凉禅院

明冯梦祯城山寺记：上有清凉寺，唐武德中建，明景泰间有无碍禅师居之，法座大盛，缁素云集。师以山峻登者难焉，遂于山之西南麓创寺，名曰法海。师道声益振，朝廷赐额，由是清凉、法海遂为海内名刹。

朱国祚石城山毗庐佛像纪略：云禅院创始于唐武德中，至我朝景泰间因无碍禅师居之，参请者众，登陟为难，别创法海寺于山之西南麓，而山巅遂渐寥落。

云林禅寺

云林禅寺，位于县西南霞幕山顶，山景清峻，旧名天湖庵，为元石屋清珙禅师在此就泉结屋，开创了天湖庵道俗缁素，户履满庭，纳徒四至，竟成丛林的历史。石屋清珙禅师，为其时曹洞宗一代名师。史记：『至正间，诏赐金襕衣』。其传法弟子普愚太古（高丽人）在天湖庵得法归国后，尊为国师，终成高丽国临济宗祖师。民间传言，天湖庵盛时有南、中、北三庵，作为『丛林』的盛况，历明至清中后期渐次衰落。时到二〇〇一年重建寺宇，改名『云林禅寺』，道光法师、兴根法师先后住持道场，寺院从无到有，大殿、念佛堂、观音殿、斋堂及寮房依山而建，清净庄严。现自性法师任住持。

龙泉寺

龙泉寺坐落于苏、浙、皖三省交界的林城周坞岕村，依方山而建，环境静谧而秀丽。清同治县志云：『方山，在县西四十里，高四百丈，周三十里，其顶正方，若列屏，若负扆，百里外瞻之，岿焉耸峙，有端冕拄笏之象。』明代散文家归有光赋方山：『方山最为雄高，尽见阳羡诸山，涌出如层波叠浪，而东北望大湖如镜，隐隐见姑苏之台。』史书赞其：『泉溢云液清甘，不减安养。庭列二桂，无隐瞥见晦堂，诚足为开士安禅之初地，调御宏法之化诚矣。』

历史上龙泉寺称为普慈禅院。民间相传，一条乌龙在方山顶上来回盘旋，僧人见状，在此建寺。故民间称之为乌龙寺，现方山顶上依然保留着乌龙寺，两院合一管理。

清县志记载：『普慈禅院（旧作庵），在方山麓，国朝康熙四年僧江练建。』据县志《国朝吴光碑记》载，普慈禅院开山历史可追溯至李唐大和年间。『向有普慈庵焉，老屋数楹，湫乎湓乎，不称仁祠香皇，如无乡之社，缥缈空陂而已。故老相传，时有锄地得断碣一片，文字剥泐不可辨，仅存太和年号，乃篆额，宛然普慈禅院云。始知庵故古刹，肇自李唐而废，后兴废则无从详考矣。』至明清，高僧大德渐次卓锡道场，普慈禅院法延相续不断。『明初有东白晓禅师卓锡，道振一时，随亦微歇。至正德十二年，其孙智海重葺茆茨，残僧一二，出入靡定。崇祯间比丘智眸独处其中，门无行迹，爨但折铛。会江练禅师瓢笠偶逢，智眸恳留挂搭，师遂欣愉，率徒数人，诛茅翦榛，手扶颓败，毘户精严，布萨整肃，遐迩皈仰，檀施不戒而孚，于是鼎建佛殿，装设金容，翼以斋寮香积，顿成丛席规模。经始于顺治乙酉，落成于康熙乙巳，几历二十有二载，经营惨淡，不辞拮据卒瘏，皆江练禅师鸠僝之功也。』至民国时期，泽普法师住持道场，后禅院被毁，但百年银杏树及千年黄连树历经沧桑，青葱至今，似乎寓示着禅院的梵音与香火，在方山之巅绵延不绝。

方山因乌龙与龙潭，充满了传奇故事。《浙江通志》言：『古时在方山东南有一西湖，方圆三十顷，水深百尺，其源出于方山。』传说唐代一位湖州刺史曾以此湖之水灌田三千顷。县志也佐证：『顶有龙潭不盈尺，大旱不竭，祷雨辄应。』史书上留下《又祭方山神龙祷雨文》及众多文人墨客的方山祭龙祷雨诗篇。每逢『时交小暑四日矣，亟需甘霖以资插种……依用古法，肖东西二方尊神之像，祷而舞之……与神约三日之内，望神降惠普遍洋溢。』当地民间至今还延续着这一习俗，每逢夏历五月十七龙王诞日，百姓纷纷到寺院举行上供祈福法会，祈祷方山乌龙确保风调雨顺，五谷丰登。以此因缘，二〇〇〇年，经政府批准开放，礼请湖州道场山法心大和尚恢复重建，寺院易名为龙泉寺；灵华法师、善观法师先后住持道场，至二〇〇九年，县佛协礼请戒慧法师住持龙泉寺，戒慧法师发心为利有情，重辉方山道场，寺院规划面积达二十亩，现已建好三圣殿、观音殿、莲花殿及厢房等，建成后的龙泉寺，将是一座集大众修学、闭关修行、佛学研究为一体的综合性道场，并积极开展佛教文化交流、社会慈善等活动，为弘扬佛法、和谐社会服务。

现在龙泉寺每年积极开展科学放生、环保夏令营等活动，为湖州市和谐寺观教堂创建单位。

典籍诗话

寺观·普慈禅院

清同治长兴县志卷十五第三十五页

普慈禅院（旧作庵），在方山麓，国朝康熙四年僧江练建。（谭志）（国朝吴光碑记）故鄣者，故鄣也。西北皆山，方山正当兑位。去邑治四十里，高四百丈，周三十里，其顶正方，若列屏，若负扆，百里外瞻之，岿焉耸峙，有端冕拄笏之象。其龙脉则岁嵷而东，衍为陵陆，违山二十里犹是山麓，故陂陀回抱，泉流纡潆。□壤尚高于井畎数十丈，往往林木蓊翳，檀栾梢参，可居可刹，盖地势胜也。向有普慈庵焉，老屋数楹，湫乎湓乎，不称仁祠香阜，如无乡之社，缥缈空陂而已。故老相传，时有锄地得断碣一片，文字剥泐不可辨，仅存太和年号，乃篆额，宛然普慈禅院云。始知庵故古刹，肇自李唐而废，后兴废则无从详考矣。明初有东白晓禅师卓锡，道振一时，随亦微歇。至正德十二年，其孙智海重葺茆茨，残僧一二，出入靡定。崇祯间比丘智眸独处其中，门无行迹，爨但折铛。会江练禅师瓢笠偶逢，智眸恳留挂搭，师遂欣俞，率徒数人，诛茅翦榛，手扶颓败，毘户精严，布萨整肃，遐迩皈仰，檀施不戒而孚，于是鼎建佛殿，装设金容，翼以斋寮香积，顿成丛席规模。经始于顺治乙酉，落成于康熙乙巳，几历二十有二载，经营惨淡，不辞拮据卒瘏，皆江练禅师鸠僝之功也。青乌家谓兹院背枕方岳，面揖弁岫，跨揽宏遥，而形藏而不露，气翕而不泄，虽在平畴广野之中，自觉峥泓窈窕，隔断红尘，修然人外。仙公桥，故葛稚川炼丹之所，涧底斑斑，时有朱砂的砾。里人汲涧饮者辄寿，洵不诬也。泉溢云液清甘，不减安养。庭列二桂，无隐瞥见晦堂，诚足为开士安禅之初地，调御宏法之化诚矣。

山·方山

清同治长兴县志卷十第四十五页

方山，在县西四十里，高四百丈，周三十里，其顶方，故名。（劳府志引山墟名云：以其顶方名之）顶有龙潭不盈尺，大旱不竭，祷雨辄应。陈文帝为信武将军，自长城遣二千人投京师，夜下方山津即此。（张志）方山有大云寺，寺后小池清可见底，因以清泉号其乡云。（吴兴掌故集）方山最为雄高，尽见阳羡诸山涌出如层波叠浪，而东北望大湖如镜，隐隐见姑苏之台。（震川集）

清同治长兴县志卷三十二第五页

吾邑方山谭志云：陈文帝为信武将军，自长城遣二千人投京师，夜下方山津即此。案陈书文帝纪，蒨自长城遣二千人，以米二千斛鸭三千头，夜下方山津赴建康，乃炊米煮鸭平明蓐食，大溃齐师。又案纲目集览舆地记曰：方山在建康西，葛元炼丹之地。则非此明矣。吾邑至建康距数百里，夜下而平明蓐食，有是理乎。

（梦笔轩掌记）

明·张羽诗

寻芳正值上春时，涧道萦纡恨到迟。
花似西湖先得暖，人如东阁正能诗。
酒中瘦影依依见，席上寒香澹澹宜。
日暮醉归花满帽，从教大笑鬓如丝。

国朝鲍鈖方山龙洞祷雨诗

青盖飘飘入翠微，蒙蒙山雾湿云衣。
乱泉仄径行多曲，石齿松毛望不稀。

绝顶谽谺开古洞，半空箫鼓叩岩扉。
何当倾倒天瓢水，莫使枯鱼愿竟违。

又方山龙洞祷雨诗

历险披榛忆旧游，又将揎醴拜灵湫。
九天云族看垂下，四海波臣会怒流。
裂石腾蛟蹊径改，焚香刑犬洞门幽。
老夫腰脚疲登降，手弄清泉且暂休。

又夜行诣方山祭龙乞雨

口占十六韵两炬乘凉发，三更戴月行野风葛衣爽。
残梦笋舆轻阡陌尘埃静，陂塘露气清数枝山茗邈。
几索稻仓攘阁阁蛙鸣鼓，狺狺犬吠声入林棲鸟觉。
欵户老僧迎庭蓺桑兼苎，茶烧镬代铛咄嗟饘粥办。

指顾兔蟾倾近麓饶丰草，晨星淡启明涧枯危踏石。
水嫩细流泓绝顶龙居秘，层崖鸟道萦跻岩宁惮瘁。
告牒敢陈情洞口喧箫鼓，坛前肃醴牲蜿蜒如醉饱。
飞跃莫屏营勿使应璩诮，须知谅辅诚迟回下山路。

大壑盼云生（又祭方山神龙祷雨文）

维年月日浙江湖州府长兴县知县鲍某谨以香帛酒果之仪致祭于方山神龙之灵，曰：时交小暑四日矣，亟需甘霖以资插种，乃杭嘉二郡及邻封数邑颇闻沾足，惟某治所仅有涓滴之润，未渥滂沛之泽，岂某实不德致干天罚耶，抑椎鲁悃愊不知所以粉饰耶，抑亦祈请之不力耶，先是于庚辛甲乙等日，依用古法，肖东西二方尊神之像，祷而舞之，迄无一应，今时更迫矣，敢披沥诚愫，委四安巡检顾维坚昭告于神，与神约三日之内，望神降惠普遍洋溢，则是神之灵，某当虔羞牲牢以答神庥，否则卒用神农法，即神山积薪击鼓而焚之，以惊扰神之属类，神其鉴察，尚飨。

清同治长兴县志卷三十二第五页

吾邑方山谭志云：陈文帝为信武将军，自长城遣二千人投京师，夜下方山津即此。案陈书文帝纪，蒨自长城遣二千人，以米二千斛鸭三千头，夜下方山津赴建康，乃炊米煮鸭平明蓐食，大溃齐师。又案纲目集览舆地记曰：方山在建康西，葛元炼丹之地。则非此明矣。吾邑至建康距数百里，夜下而平明蓐食，有是理乎。

（梦笔轩掌记）

禅

南無觀世音菩薩南無阿彌陀佛南無大勢至菩薩
諸惡莫作
眾善奉行
烏龍古寺

净梵寺

净梵寺，坐落于浙江省长兴县境内的林城镇天平桥泥斗村，原名集云寺，创建于约公元七八〇年的唐朝咸通年间，宋朝治平二年（一〇六五）改成梵惠教寺，建炎中金人入蔻，游骑纵火烧至藏院，法轮自转，有声如雷，火亦随灭，但遭毁损，详见宋施诗描述：『劫火不能焚，空中转法轮；风霜鸥殿古，奎壁贝函尘；物本由成数，人言不坏身；欲怜无问者，遗迹竞成陈。』元朝末年被废，明洪武二十一年重建。净梵寺历经唐、宋、元、明、清、民国至今已有一千二百二十余年，历尽沧桑，几度兴废，香火不绝，寺旁有千年古树守护。上世纪九十年代初，当地信众自发重建寺院，一九九五年，净梵寺申报获批正式开放，陈玉明居士首任寺院负责人，后礼请天台华顶寺长养法师为住持；二〇〇五年，经县宗教局批准，根宗法师任住持。在十方信众护持下，净梵寺大雄宝殿于二〇一〇年圆顶，次年，释迦牟尼佛像开光圆。二〇一二年，根宗大和尚推荐，经县佛协、县民宗局批准，由通理法师住持寺院。

通理法师致力修持，弘法利生，净梵寺正一步步重光千年古刹。

典籍诗话

寺观·梵惠教寺

清同治长兴县志卷十五第六十页

梵惠教寺在四安镇东南南华山麓。（顾志云在县西南七十里）旧编云：建炎中金人入，寇游骑纵火至藏院，法轮自转有声如雷，火亦随灭，贼遂散去。（舆地纪胜）

唐咸通中建，名集云寺。宋治平二年改额，有江东汪用汝记。元末废，明洪武二十一年重建。（顾志）

寺观·集云禅寺

清同治长兴县志卷十五第六十页

集云禅寺在四安镇，唐咸通中建，宋治平二年游骑焚烧，延及藏院，经轮自转声若巨雷，火随灭。明万历甲寅，里人吴志受嘱云栖大师创建数椽。

国朝蓉城僧月峰建大悲殿、长生饭生田，玉林国师到寺楔曰寂照。邑人蒋鸣凤榜为古集云寺。（韩志）

韩志云：经转事与梵惠寺同而又皆在四安，经轮之皆灵乎。及考二事所缘起，本同一寺，故得互相假托，而一作建炎，一作治平，直不欲世上复有两眼矣。

宋施枢四安梵惠藏殿诗

劫火不能焚，空中转法轮。
风霜鸱殿古，奎壁贝函尘。
物本由成数，人言不坏身。
却怜无问者，遗迹竟成陈。

国朝孙凤翥诗

东风吹我度溪桥，节近清明景更饶。
花径香迷缘蝶引，竹杯茶话费僧招。
闲中更觉烟光好，物外从知野趣遥。
最爱坐来心逸甚，满山松韵响寒潮。

吴霖集云寺诗

钟磬有情音，山深云更深。
慈云缘底集，出岫本无心。

注：净梵寺和云峰禅寺先后同用县志上有关集云寺和梵惠教寺的记载。从史料上分析，集云寺与梵惠教寺本同一寺，唐咸通中建，名集云寺；宋治平二年改额为梵惠教寺，梵惠教寺位于古泗安镇东南方向。

净梵寺
解脱
修持通達三藏期會本來面目
梵行精嚴理含五明必能道契真如
南無觀音菩薩

法音寺

法音寺原为畎桥庵，清同治长兴县志记：畎桥庵在畎桥西。民间传说：初建于明崇祯三年（一六三〇）毁于战乱，清康熙年间重修寺院，建有大雄宝殿、天王殿、观音殿、钟鼓楼及厢房等，寺院两侧碧潭清池，四周树冠茂密，古木参天，是林城镇名刹之一。清末民初毁于战乱，旧祉寺院留有青田石佛像一尊，现在长兴县博物馆新四军苏浙军区纪念馆内，古扁铁钟一面，现存于畎桥小学内。

上世纪七十年代，畎桥庵移址于长兴县林城镇新华村贺家自然村，易名为法音寺，二〇一一年申请正式开放，礼请安江法师主持道场，现法音寺正处重建阶段。

法音禪寺
法音禪寺

大云寺

大云教寺，位于在林城镇大云寺村。长兴县志载：大云教寺在县西南四十里方山市。齐永明元年创建，名方山寺。宋熙宁中有僧折竹丝织为佛，号竹佛寺，后改今额。元末废。明洪武十六年重建，立为丛林。寺有清泉池。其池广半亩，清澈见底，大旱不竭，可溉田千亩。宋代高僧诗《大云寺清泉池》云：『我来观清泉。泉清彻见底。耳目本无人。教我如何洗。』

《长兴乡村地名的由来》记：大云寺在解放后改建为县属中学，中学内诸池塘、溪涧仍有古代庙基砌石痕迹。大云寺现存《佛顶尊胜陀罗尼经》石经幢，为古代名人书法真迹，作为县级文物移到长兴博物馆保存。

二〇一一年当地信众礼请长兴县佛教协会副会长、横玉山寺住持昌明法师担起重建大云寺重任，经市、县民宗部门批准，大云寺正式开放。二〇一五年，经昌明法师推荐，当地信众礼请宏彬法师入住寺院，主持道场。

典籍诗话

寺观·大云教寺

清同治长兴县志卷十五第五十九页

大云教寺在县西南四十里方山市。齐永明元年创建，名方山寺。宋熙宁中有僧折竹丝织为佛，号竹佛寺，后改今额。元末废。

明洪武十六年重建，立为丛林。寺有清泉池（顾志）

谭志：按栗府志大云寺后有小池，清可见底，久雨不溢，久旱不涸，因号其乡曰清泉。

水·清泉池

清同治长兴县志卷十一第六十五页

清泉池在县西四十里清泉乡大云寺后。广半亩，清澈见底，大旱不竭，可溉田千亩。唐刺史于頔引方山泉注西湖，疑即此。（张志）

宋王天觉大云寺清泉池诗

温泉涌欲沸，冷泉寒欲凝。
炎凉易本性，可怪浪得名。
岂若我乡泉，澈底天然清。

亢阳不枯涸，潦水无满盈。
根地远尘秽，万古常泓澄。
照破鬼神胆，鉴出天地情。
妍丑无逃形，大匠来取平。
一酌沃烦虑，再酌肢体轻。
三酌换仙骨，玉女遥相迎。
稽首朝玉皇，驱驾苍龙精。
乘时降甘泽，匡济我生灵。
为我谢沧浪，止可濯吾缨。

大雲寺

显圣禅寺

显圣寺，并列中国九大小九华之一。

唐朝开元七年（七一九）新罗国（今朝鲜南部）王子金·乔觉，发愿乘舟渡海入唐求法。登陆后舍舟徒步，睹山于云，披荆援藤，跨峰越壑，岩栖涧汲。先后到普陀山、会稽和金华等地。民间相传一千两百多年前，韩国僧人途经仙山，见此地青山绿水，山奇竹翠，云祥霭瑞，便弃舟登山，行至山腰时，有一清凉水潭，僧人掬水而饮，一抬头，白衣飘飘的观世音菩萨就在潭前现身相迎，僧人回礼，而后一道拾阶而上停于山上，发大宏愿，建寺卓锡，数载春秋。现在山道上仍留有一双足印：一大一小，一上一下，小足朝下，纤婉无尘，清晰完整，似久立于此；大足向上，足掌半印较深，足后跟渐消隐，仿佛刚刚踏上。这便是观音菩萨仙山迎接地藏菩萨之美谈而留在大地上的印记，现今『双佛足印』已是入仙山游客必朝礼之处。后金地藏离开仙山往西到了池州九华山，启建九华地藏道场。是故民间有『先有小仙山，后有大九华』一说。

显圣寺位于长兴西部泗安仙山。仙山，古称浮云山、尖山。清长兴知县鲍鈖曾题诗于寺：『路转山凹望上方，翠微松顶出红墙，林深只道无人觉，已有方袍迓道旁』。显圣寺曾称空隐教寺，因唐皇『帝闻空中语，敕建天下寺』，始建于唐朝天宝年间（七四二——七五六），元末毁于兵火，明洪武二年（一三六九）重建，立为丛林，后毁。清顺治十三年（一六五六）由孤标大师重开佛光，建地藏宝殿于山巅，因当地传说地藏王菩萨、灵官菩萨多次显圣，故更名为显圣禅寺。

史传昔日的显圣禅寺，寺田庙产五百余亩，前后三进大殿，各类辅殿、阁、堂共计九十九间半（实际超百间），殿、阁、亭、堂、房、池、井均以回廊相衔，融于一体。以雕有荷花的青石筑成上山香道，自山脚直达山顶三里有余。妙相庄严，气宇宏伟，煞为壮观。后几建几毁，至民国三十四年（一九四五）八月，抗战胜利后，赖各地香客缘助，在山巅废墟之上建造简易平房二间，智慧与修成二僧苦守四十余年。直至一九九三年三月，经县政府批准开放，由释道光等僧人发愿再建。近二十年，在几任住持发心努力下，依山承建初具规模。二〇一〇年地藏本愿经墙落成及地藏王菩萨开光盛典，再现『地藏祖庭、空灵显圣』的圣象。现有九龙壁、钟楼、鼓楼、天王殿、地藏宝殿、观音宝殿、客堂、念佛堂、接待室及东西厢房、观景台等殿堂楼宇修葺一新，配套设施齐全。林木掩映处还有显圣塔林，显圣堂上历代祖师们的血肉之躯一一化为名号，被后人留在大理石上。孤标大师的灵塔，于二〇一〇年由长兴寿圣寺方丈界隆大和尚（时任显圣寺住持）重建，灵塔设计精巧，造型庄严，雕饰富丽，凝练而庄重。影壁前八座无名小石塔造型修长古朴，简洁优雅，为现任显圣寺住持证道法师所请，寓意着历代祖师共同护持显圣寺法门宏开、法脉相续，护念一方水土的安和富庶。晨钟暮鼓里，远去的祖师纷纷显出慈悲的容颜，他们注视的目光，叩响后来者生命追问之门。

近年来，显圣寺致力推行文明敬香、环保敬香，坚持为入寺群众提供免费清香，被八方游客与信众所美誉。显圣寺道场清净，法相妙胜，成为仙山湖景区的圣境，是浙江省创建和谐寺观教堂活动先进单位，二〇一四年被评为浙江省三星级宗教活动场所。

典籍诗话

寺观·显圣禅寺

清同治长兴县志卷十五第六十一页

显圣禅寺在四安镇之尖山，山形端秀峻拔而无破碎，形家谓之焰天火。国朝顺治十三年僧孤标重建地藏宝殿于颠，更名仙山。七月晦日为地藏诞辰，士女进香者肩摩于道。（韩志）

国朝鲍鈖题尖山兰若四首

路转山坳望上方，翠微松顶出红墙。
林深只道无人觉，已有方袍迓道旁。
乱山杂沓一枝峰，石戴山椒寺绕松。

一自窃名标九子，年年香火赛吴侬。
二十年前禅喜时，三舟宾客后车随。
山中勤旧今无几，近住僧雏那得知。
汤点香厨一饱曾，素餐原属在家僧。
也知不吃中丞福，盏饭行缠苦未能。

又祷雨尖山显圣寺诗

聊慰田家望岁心，不辞登陟到双林。
种松人代犹堪记，适兴云山不在深。
白眼客来心自远，赤髭僧老病相侵。
片时踪迹谁能会，手版支颐费苦吟。

知县郭文志诗

路从山北转山南，夹道清阴列柏柟。
未伏风光开野径，上方幡影护瞿昙。
罥田高灌岩泉白，绣陇遥浮塔水蓝。
为祷山灵留霁景，莫教云盖涌深潭。

孙凤翥诗

疑是凌虚借羽翰，振衣千仞俯冈峦。
云凝近壑苍崖暗，殿倚高空白日寒。
不动风旛心寂静，长抛名利境闲宽。
超然我亦离尘者，只较行僧欠钵单。

山·四安山

清同治长兴县志卷十第二十三页

四安山在县西南八十四里，高一百丈，周十里，以其四方平广故名，或称南方山。遥望如卓笔，又谓尖山。（张志）在义岭峰之东。（谭志）

国朝鲍鈴诗

乱山杂沓一枝峰，石戴山椒寺绕松。
一自窃名标九子，年年香火赛吴侬。

自注：山为地藏菩萨道场，湖俗岁以七月进香，称为小九华。

国朝鲍鈖题尖山兰若四首（参见寺观条目）

又望尖山诗

黄叶林端一朵青，亭亭晓势卓空冥。
谁知邑邑车中妇，随意搴帷为少停。

又尖山诗

山前山后路，不到十余年。
野寺松阴寂，秋原木叶妍。
两州接封壤，千嶂泄云烟。
怀绶聊乘暇，心空胜坐禅。

又晓行尖山下二首

泽气通山气，春寒晓莫支。

阳坡冰辑玉，阴岭雪凝脂。
梅鄂村村吐，霜华树树滋。
十年南国住，美景爱今兹。

邑邑厌帷车，羔裘揽豹祛。
素情宜带冷，清沉莫教疏。
拚得吟髭冻，凭将倦眼舒。
一峰看桀竖，初日照芙蕖。

周昱诗

破碎玲珑千髻鬟，高低围绕九华山。
此中形势差相似，只隔称名大小间。

法喜充滿
入寺平安

国泰民安

石佛寺

平坦的狮子山山脊北侧，竟被刀砍斧劈了一样，绝壁峭然，一座宛如空中庙宇悬于梯阶之上。『石刹更兼石山拥，佛殿巧筑似神工』，这是镌刻在石佛寺城隍峰摩崖上的诗句，它生动地点出了石佛寺的绝妙景色。

石佛峰左侧有城隍峰对峙，峰极险峻，石色深黛。民间相传唐乾宁二年，董昌僭位，钱镠率兵讨平。里人就立庙于此，以为城隍，故称城隍峰。城隍峰峭壁间，旧有南宋抗金名将韩世忠题『飞跃』两字，字迹苍劲古朴。然而，据清同治《长兴县志》记载，宋元嘉元年，县南六十里『有石佛自川中涌出』，因此建寺取名佛川。其后此寺几度兴衰，宋代改名离相教寺，明初归并广寿寺，清康熙初年重建，现存有乾隆年间的两块石碑，为后人留下其悠长历史的足音。

狮子山的石观音，不仅县志为其留下传奇的笔墨，民间代代相传着更为温馨的故事。狮子山子民深信：在遥远的某一天，观音菩萨经过狮子山，悲悯于众生的困苦与殷切，为了常住于此化度十方，菩萨施法作神力用大拇指轻摁狮子山崖壁，塑就了我们现在所见的石观音宝相和一个天长地久的石观音净瓶，于是『石佛为众生消灾免癖及观音菩萨化身示现于此救苦救难』的口碑，在狮子山周围相传了千年。

从创建至今，寺院殿宇几毁几建已无处可查，石佛却历尽沧桑安住于狮子山上，慈悲护生千年。石佛寺千年石头观音菩萨巧借壁岩雕凿造型，神态肃穆美观，线条柔美顺畅，与壁岩相融为一体，两米多高。殿后山岩之上有一古泉眼，相传为观音净瓶，千年甘露丰美沛然；观音壁岩右边有一吉祥石，貌似金蟾，民间视为圣物，深信金蟾为护法天神，在此护法安生。

传说永远鲜活，比传说更鲜活的是石观音穿过千年尘埃，静默含笑至今，接受每一位朝拜者的顶礼，并把福祉深深地根植于这一颗颗虔诚的心。历史上每逢农历二月、六月、九月的十九日观音诞辰日，石佛寺都有盛大的庙会，泗安周边地区的百姓，以及安吉、南浔、无锡、上海的信徒纷至沓来，整座狮子山人潮涌动，信众们以祖祖辈辈的方式为石观音祝圣，祈求菩萨加持，福慧人生。

近代兵荒动乱时，寺院再度被毁，石观音曾遭刀砍斧剁，伤痕累累。一九九三年佛寺重建时，应顺信众心愿，原本为岩体本色的石佛，做了修补镀金。

一九九八年寺院报批获准开放，释自清法师任当家；二〇一〇年，妙霜法师接过建设寺院的重任，在各级政府的支持与帮助下，扩大了寺院的用地，依山规划了寺院的百年大计。现大雄宝殿已告圆满，部分辅助用房和设施正装修或建设中。

石佛寺于二〇一三年通过湖州市和谐寺观教堂创建考核，近年积极参与『五水共治』等慈善活动。妙霜法师相信：石观音菩萨是长兴保存最完整、历史悠久的古佛，兴逢盛世，仰仗佛力加持，在各级政府的关心下，在十方善信的合力与护持下，石佛寺终能重现殿宇庄严、道场清净的佛门古刹华光，石佛寺将以观音信仰和观音崇拜为核心，弘化社会，以慈悲喜捨感化有情，以观音菩萨的悲心愿力广利人天，普济群伦。

佛
石佛古寺
佛

云峰禅寺

云峰禅寺位于山清水秀的泗安镇云峰村，四围山峦叠嶂，竹林幽谷，山间小溪，清新幽静。二〇〇八年，经湖州市民宗委批准，当地政府礼请德权法师住持道场，寺院正式开放，二〇〇九年大殿圆满；二〇一二年，宗坚法师驻锡于此，担起建设重担，现护法殿已圆满启用；二〇一四年寺院举行西方三圣开光大典；二〇一七年首批北魏式佛像开光，大殿更加庄严殊胜。现在寺院定期举行佛学讲座，次第引导信众生出离心、菩提心、空性正见；每周日举办放生供灯、念佛诵经、抄经参禅等共修活动，弘化四方，利乐有情。现云峰禅寺为湖州市和谐寺观教堂创建单位。

典籍诗话

寺观·集云禅寺

清同治长兴县志卷十五第六十页

集云禅寺在四安镇，唐咸通中建，宋治平二年游骑焚烧，延及藏院，经轮自转声若巨雷，火随灭。明万历甲寅，里人吴志受嘱云栖大师创建数椽。

国朝蓉城僧月峰建大悲殿、长生饭生田，玉林国师到寺楔曰寂照。邑人蒋鸣凤榜为古集云寺。（韩志）

（吴霖集云寺诗）钟磬有情音，山深云更深。慈云缘底集，出岫本无心。

韩志云：经转事与梵惠寺同而又皆在四安，经轮之皆灵乎。及考二事所缘起，本同一寺，故得互相假托，而一作建炎，一作治平，直不欲世上复有两眼矣。

寺观·梵惠教寺

清同治长兴县志卷十五第六十页

梵惠教寺在四安镇东南南华山麓。（顾志云在县西南七十里）旧编云：建炎中金人入，寇游骑纵火至藏院，法轮自转有声如雷，火亦随灭，贼遂散去。（舆地纪胜）

唐咸通中建，名集云寺。宋治平二年改额，有江东汪用汝记。元末废，明洪武二十一年重建。（顾志）

宋施枢四安梵惠藏殿诗

劫火不能焚，空中转法轮。
风霜鸱殿古，奎壁贝函尘。
物本由成数，人言不坏身。
却怜无问者，遗迹竟成陈

国朝孙凤翥诗

东风吹我度溪桥，节近清明景更饶。
花径香迷缘蝶引，竹杯茶话费僧招。
闲中更觉烟光好，物外从知野趣遥。
最爱坐来心逸甚，满山松韵响寒潮。

注：净梵寺和云峰禅寺先后同用县志上有关集云寺和梵惠教寺的记载。从史料上分析，集云寺与梵惠教寺本同一寺，唐咸通中建，名集云寺；宋治平二年改额为梵惠教寺，梵惠教寺位于古泗安镇东南方向。

应山寺

应山寺，曾名饶益教院，坐落在煤山新安村大安山麓之应山前，以位处得名。寺院是长兴县历史上著名古寺。大安山，便是唐诗僧释皎然在《顾渚行寄裴方舟》一诗中提到的大寒山，『大寒山下叶未生，小寒山中叶初卷』。

长兴西行，过煤山镇向北一折，修长、洁净的小径带着地势渐高，翠竹浓密处，一座形似弥勒佛的山前，飞檐从修竹茂林中探将出来，便是应山寺。寺院宛如坐落在弥勒的肚皮上，背靠大安山，对面是一座木鱼山，两山相对，佛敲木鱼，活灵活现，栩栩如生。可谓：不见殿宇身，望闻梵音来。

清《长兴县志》记为：『饶益教院在县西北六十里应山，梁开平间僧法通建，名应山寺。宋治平二年改今额，元末毁于兵火，洪武十一年重建并空王寺。』据同治清县志可知，是朝饶益教院已独立成院。民间传说：寺院昌盛之际，有大小殿堂、寮室一百余间，为长兴重要丛林之一。沧海桑田，应山寺几经变迁，屡废屡建。上世纪六十年代再次被毁。直到一九九九年，经长兴县人民政府批准开放；翌年，安智法师继释悦平任住持，应山寺迎来重辉的曙光。

安智法师慈悲为怀，住持道场近二十年，艰苦办道，一步一个脚印，在一片废墟上重建应山寺，寺院总规划面积三十亩左右。十方信众，见闻随喜，广种福田，共襄善举；滴水合池，聚沙成塔，寸木片瓦，皆系佛缘，成就古寺重建功德。现寺院初具规模：大雄宝殿、天王殿、山门殿、地藏殿、千佛殿、念佛堂等殿宇圆满落成，厨房、斋堂、客堂、寮房等配套用房相继建成，道场以清净朴实，应接十方信众修身、修德、修心；安智法师以普贤行愿，恒顺众生之心，勉励佛子积累福慧资粮，步入解脱正道。并积极倡导慈善救济事业。

应山寺人杰地灵，善应十方。现为创建和谐寺观教堂活动湖州市先进单位；住持安智法师为湖州市佛教协会常务理事，历任长兴县佛教协会第二届、第三届和第四届副会长。寺院在广大善信护持下，道场必将开启弘扬佛法新篇章，启迪智慧，普渡众生！

鹿山寺

天王殿
福荫普滋
热烈庆祝鹿山寺重建廿周年庆典暨天王殿佛像开光法会圆满吉祥

飞云寺

长兴煤山飞云寺，历史上曾名广福教院或广福寺。长牛线往西，合溪水库静静地辉映着水光山色，四季皆宜。一路山青水秀，过光耀村，蜿蜒小路伴着粉墙黛瓦，飞云寺就在山涧溪水的源头。

《嘉泰吴兴志》记载：在县西三十里合溪，刘宋元徽五年建，号飞云寺。《旧图经》云：『寺侧有风穴，故云雾不得霭郁于其间，故名。本朝（宋朝）治平二年改今额』。清同治《长兴县志》卷十五『寺观』继记：崇观间僧元礼作飞云堂、振玉轩，元末废。明洪武十年重建，并空王寺。国朝乾隆五十六年重建大殿、观音殿、山门各三间。《长兴县志》卷十『山』也记有：飞云山在县西二十里高三百五十尺。山墟名云：山南有风穴，故云雾不得霭郁于其间，其上多产枫栎等。宋元徽五年置飞云寺，有石泉沙渚松门苦竹岩。（寰宇记）今呼为广福寺。

由此可知，飞云寺开山于南朝刘宋元徽五年（四七七），距今已一千五百余年历史，且寺院侧飞云山南风穴之处，至北宋治平二年（一〇六五）寺院改额为广福教院。

典籍里的飞云寺与茶结上千年的因缘，陆羽《茶经》曰：『生风亭山、伏翼涧、飞云曲水二寺、青岘啄木二岭与寿州同』。学者认为：当年陆羽著《茶经》时，应由水口的顾渚、江排翻山寻茶至飞云寺，继而前往啄木岭，留下境会亭茶史佳话。现在通往江排的飞云古茶道依然蜿蜒在群山之间，寺院东侧的古茶园遗址，是煤山岕茶辉煌历史的永恒册页。

民间相传飞云寺与佘太君及其军队有一段传奇，寺院还因此幸得朝廷敕建。为此当地拜太君的习俗留传至今，每逢太君纪念日，村民纷至沓来，到寺院礼拜按佘太君形象塑就的太君像，祈求国泰民安。传说宋朝佘太君带兵攻打牛头山，因二次兵败粮草匮乏于飞云古寺休整，并祈求诸佛菩萨加持护佑，祈祷再战告捷！因佘军忠义之气感天动地，是夜山寺银杏树降下遍地果子，士兵捡拾煮食，体力恢复，士气高涨，三战大捷。佘太君将此事上奏朝廷，恩准寺院重建。现寺院尚存的三棵参天古银杏树，仿佛还在讲述那些远古的故事。当地村民祖辈相传，离这几棵古银杏树七公里之外，还有两棵年代相近的古银杏树，便是当年飞云寺山门所在，历史上的飞云寺规模可见一斑。现寺院收藏着一方飞云寺三宝铜印，龙钮居中，威神古朴。

规模宏大的飞云寺是如何消失在战乱浩劫之中，已无法考据。直到二〇一一年元月，时逢盛时，净因法师法缘具足，发心重建飞云寺，寺院报批正式开放。经多方考证，现今新源村大干岕牧狮庵（民间称永福庵）即为古飞云寺原址所在，被古书反复记载的『风穴』，如今伫立寺内，仰空依然可感『云雾不得霭郁于其间』的妙境，让来者隔着时空倾听并没有远去的梵音。

二〇一二年四月，建筑面积为四千多平方米的念佛堂奠基，二〇一五年圆满投入使用；二〇一六年将开启大雄宝殿建设工程。飞云寺规划面积为两万三千多平米，从山门、不二门、天王殿、圆通殿、钟楼鼓楼、大雄宝殿、地藏殿、伽蓝殿、法堂、僧寮、念佛堂到三学讲堂、宝塔等建筑组成庄严清净道场，可谓：梵音山岚沉修竹，飞云清香过山门。

住持净因法师嗣法南山律千华一脉、曹洞宗、临济宗和沩仰宗，发心办道，飞云寺将以修学参养为办道要指：参临济，作曹洞，持千华律；承天台，扬沩仰，弘净土宗，为佛法长久世间、利乐有情而竭尽绵力。

典籍诗话

寺观·广福教寺

清同治长兴县志卷十五第三十七页

广福教寺在县西三十里（谭志作十八里）合溪，宋元徽五年建，名飞云寺。旧图经云寺侧有风穴，故云雾不得翳。宋治平二年改今额，崇观间僧元礼作飞云堂、振玉轩，元末废。明洪武十年重建，并空王寺。（顾志）国朝乾隆五十六年重建大殿、观音殿、山门各三间。（邢志）

宋陈晛振玉轩诗

小轩架寒溜，激激鸣水苍。
老僧不靳惜，借与一榻凉。

枕流残憩息，青飚袭衣裳。
蝉声亦多思，牵引昼梦长。
俗虑顿消处，栩栩无何乡。
翻嫌市廛中，吏隐殊相妨。
未赋渊明归，只益袁君狂。
平生不勇决，恋恋一粟囊。
何如水西头，飞云共徜徉。
日寻方外游，煮茗烧妙香。
此致渺未遂，啸歌空自伤。
坐待山明月，拏舟泛沧浪。

国朝沈作忠诗

寻幽来绝壑，松色冷禅关。
欲问前朝事，寒云恋旧山。

山·飞云山

清同治长兴县志卷十第四十页

飞云山在县西二十里高三百五十尺。（张志云高五十五丈周五里）山墟名云：山南有风穴，故云雾不得霭郁于其间，其上多产枫栎等。宋元徽五年置飞云寺，有石泉沙渚松门苦竹岩。

玉泉寺

玉泉寺，位于煤山镇十月村，史称下泉院，始建于明末清初年间，至今六百多年历史，至上世纪尚留存原寺院大殿。二〇〇一年，当地政府礼请释果荣法师重建寺院，经湖州市民宗委批准，下泉寺正式开放。二〇〇九年释修心法师接过重建寺院的重担，修心法师重建了大雄宝殿及厢房、斋堂等设施。二〇一六年，经市民宗局批准，改名为玉泉寺，并对寺院做了规划，规划面积约十亩。现玉泉寺为湖州市和谐寺观教堂创建单位。

玉泉寺

玉泉古寺

圆觉禅林

圆觉禅林位于长兴县城西北悬脚岭山里，海拔二百五十米，历史底蕴丰厚，是江浙皖三省毗邻地区佛教活动圣地，佛事兴旺。悬脚岭系古代军事要隘，据《长兴县志》载：『悬脚岭在县西北七十里西咽山，以其岭脚下垂，故名。』《吴兴志》载：『庱亭在县西北悬脚岭下，建安二十三年（二一八）孙权射虎于庱亭。唐初沈法兴遣其将蒋元超与李子通战于庱亭即此。』此岭处于两座四百米高的山中间，原是古代自长兴至南京的驿道口。历史延续到民国十二年八月，江苏军阀齐燮元和浙江军阀卢永祥亦于此对垒大战。

时至盛唐，茶事在悬脚岭上演了盛事。千年前每岁吴兴、毗陵（今常州）二郡太守，分山造茶，宴会于此。『有境会亭，一名芳岩，以岭中为两州之界，上有麦亭遗迹（张志）。』白居易一首诗为境会亭茶事留下千古佳话：『遥闻境会茶山夜，珠翠歌钟俱绕身。盘下中分两州界，灯前合作一家春。青娥对舞应争妙，紫笋齐赏各斗新。自笑花时窗下客，蒲黄酒对独眠人。』

圆觉禅林在这得天独厚的山岭上，同样演绎出独特的历史轨迹。相传一千二百多年前，悬脚岭就开建了关帝庙，香火绵延千年。这位三国时期忠勇双全的英雄，以他的『忠诚』与『信义』，被百姓顶礼膜拜。悬脚岭头的关帝庙几兴几废，福荫这一方水土。每逢关公生日，江浙皖三省信众纷纷来到关帝庙『坐夜』，是日山下的村民们都会到关帝庙请一份『善饭』，给家中的孩子受用，祈求平安吉祥。

时至二〇〇〇年，随着国家宗教政策的落实，在当地政府的支持下，悬脚岭关帝庙报批开放，因关公是佛道教两大宗教共同供奉的神，且『悬脚』乡音，竟十分地接近『圆觉』读音，这一偶合，让这一方水土与乡民倍生自豪。圆觉，启示大众以一乘圆教，明心见性。是年关帝庙改名为圆觉禅林，成为佛教道场。原庙宇建筑几经战乱与动荡，仅存关帝殿和一古井，古井至今泉水丰沛。

二〇〇四年，寺院住持常宝法师担荷如来家业，发心规划了圆觉禅林宏大愿景，希望四众弟子发心共同成就修行道场。规划复建三圣殿、扩建关帝大殿、大雄宝殿、侧殿、后殿、养生殿以及客房、盘山公路等配套设施，规划面积达六十亩。『寺中有庙，庙寺相容』也成为圆觉禅林最大的特色，且寺院地处尚儒村。相传郭沫若曾到此地，在时称上达村的王家翰家住了一晚，次日清晨听到村小学琅琅的读书声，深感山乡读书风气浓厚，便提议将上达村改名为尚儒村，从此，悬脚岭下的乡村多了几分书卷气。儒释道三家在这里天然合一，福慧乡里。

建设中的圆觉禅林行善社会，利乐有情。经常举行讲经会，且讲经细致、耐心，深入浅出，并结合修学的体验，将佛法修行之精髓、次第，清晰地呈现出来，让大众实有所获。目前圆觉禅林是湖州市和谐寺观教堂创建单位。

圆觉禅林

空王教寺

沿十里古银杏长廊蜿蜒前行，直至橡树园，空王教寺就此依山而建，一颗千年古银杏——被人誉为长兴古银杏之皇后，寺前伫立。历史上空王教寺位于八都岕银杏长廊入口处的小浦林场内，与长兴天居寺有着极深的渊源，带着陈朝皇家寺院的血统。

清《长兴县志》载：『空王教寺在县西北二十里，旧在县东九里，名天居寺，即陈武帝故宅。光大元年诏立为寺。唐武德六年为辅公祏焚毁，迁。唐释清昼尝与崔子尚游于此。明洪武二十四年立为丛林。按陈武帝故宅已改为广惠寺，又迁为空王寺，是一寺分为二寺也。』『后废。国朝乾隆六十年僧绪正募建大殿五间又建侧屋十间（邢志）』。

清朝诗人鲍鈖曾在诗中称空王教寺为梵王宫，其寺院内梅花成林，堪称梅花巷，可见当年空王教寺恢宏的气象。诗曰：为访梅花巷，篮舆细雨中。寒香正飘忽，远影尽迷濛。渺渺青山隔，泠泠碧涧通，横斜三百树，知近梵王宫。

朝代更迭，寺院毁建，空王教寺却慧命不断，直到新中国成立前仍由长兴佛教支会理事僧桂馥主持。上世纪六十年代，空王教寺所在山林地带渐成林场。据现在最后守林人的介绍：六十年代杭州知青来小浦林场插队时，当时空王教寺尚有僧人在艰难的环境里，坚守着自己的信仰，青灯黄墙最后消失在二十世纪七十年代，从此空王教寺完全蜕变为林场总部。现在，在小浦林场总部，我们依然能见一方宁静的放生池，映照着满山古树，青翠苍苍。水波涟漪里蓄满了对昔日晨钟暮鼓、殿堂楼阁、幢幡华幔、梵呗香云的追忆。

二〇一一年，小浦镇大岕口村申请开放寺院，经湖州市、长兴县民宗局审批，决定小浦镇空王教寺易地重建，礼请释能果法师为住持，选址于大岕口村原关帝庙处。关帝庙建于何时已无法考据，却是大岕口村民心中的圣地。当地大姓吴氏族人，曾请吴昌硕为关帝庙题写了『志在春秋』篇额，至今还悬挂在空王教寺的关帝庙里。

现在的空王教寺藏身于十里古银杏长廊深处，紧挨着古树森林的橡树园，被粉墙黛瓦的乡间民居簇拥着，清晨山霭重重，黄昏炊烟袅袅，在清净肃穆里透出人间有情的温馨气息。

开放后的空王教寺盛缘具足，在能果法师住持下，接众安僧，恢复佛教活动。规划中的空王教寺，中轴线上依次为天王殿、大雄宝殿与三圣殿；药师殿、僧寮和地藏殿、禅堂等各侧两翼；琉璃塔与往生塔分列三圣殿后方左右；寺前广场与橡树园互为呼应，天然合成，形成林中有寺，寺中有林的格局。建设圆满后的空王教寺将集人文、历史、佛教、园林于一体，成为方山、岩山之间一颗璀灿的明珠，恩泽四方水土，福慧十方信众。

五年多来，寺院硬件建设渐具规模，已陆续落成药师殿及一四合院僧寮等，现大雄宝殿、讲经堂与斋堂等正在建设中，二〇一三年空王教寺通过湖州市和谐寺观教堂考核。能果法师秉承佛陀的正法教诲，弘法利生，本着『十方来，十方去，共成十方事；万人施，万人用，同结万人缘』的美好心愿，力争将空王教寺建设成教化安立众生的正法道场。

典籍诗话

唐释清昼与崔子尚泛舟宿天居寺忆李侍御萼渚山春游后期不及联一十六韵以寄之

晴日春态妍，奇游姿所适（昼）。

宁妨花木乱，转觉心耳寂（子尚）。
所性怜鹤高，谋闲任山僻（昼）。
倚舷惜空曲，拾履行浅碛（子尚）。
渚箬入里逢，野梅到村摘（昼）。
碑残飞雉岭，井翳潜龙宅（子尚）。
坏寺邻寿陵，古苔留砌石（昼）。
穿阶笋节露，拂瓦松梢碧（子尚）。
天界细云还，墙阴杂苔积（昼）。
悬灯继前焰，遥月升圆魄（子尚）。
何意清夜闲，坐与西峰隔（昼）。
茗园可交袂，藤涧堪倚锡（子尚）。
微雨听湿巾，迸泉从点席（昼）。
戏猿隔枝透，惊鹿逢人掷（子尚）。
睹物赏已奇，感情时弥极（昼）。

芳菲如驰箭，望望共君惜（子尚）。

国朝鲍鈖雨入空王寺道中看梅诗

为访梅花巷，篮舆细雨中。
寒香正飘忽，远影尽迷濛。
渺渺青山隔，泠泠碧涧通。
横斜三百树，知近梵王宫。

大雄寶殿

國泰民安

南無阿

振天寺

振天寺原位于长兴八都岕大岕口村的岩山之巅，海拔五百余米，当地人称该寺可与天齐，得名振天寺。始建时间不明，清光绪三十年尼僧显珠、显舟曾募化重修。一九八三年县政府拨款维修，现古寺保存尚好。振天寺周围风景清幽，山岩叠嶂，修篁丛立，寺内还有一株千年古银杏。岩山东西山脚的八都岕、六都岕都有石阶可达振天禅寺。

在岩山半山腰仙风岭处有开元禅寺，又名四方堂。推测始建于唐代（开元年间唐玄宗曾敕令各郡建立开元寺，或将已有寺院改为开元寺，故各地开元寺均不晚于唐开元年间），清光绪二十八年九月重建。抗战后期，该寺曾驻扎过新四军一个营。一九七八年重建观音殿。九十年代振天禅寺与开元禅寺合二为一，称作振天寺上院和下院，成为长兴县首批开放寺院，是当地的重要宗教场所。二〇一〇年尼僧显庆于开元禅寺旁新建了一座念佛堂。

佛陀
振天禪

寿圣寺

寿圣古刹始建于三国赤乌年间，至今已有一千七百多年历史，是长兴县域历史最悠久的寺院之一。

寺院坐落在长兴县水口乡顾渚山茶文化景区，南朝锦屏，北枕金山；群峰迭翠，山溪拥绕。寺内一雄一雌千年古银杏树，葱茏茂盛，生机勃勃，雌株一树成林，已是『五代同堂』，年年硕果累累；千年古井，泉水丰沛，清凉甘美；遗存至今的明砖宋础，静默地诉说着悠长历史；矗立在寺前广场上的寿圣万佛法华多宝塔，高六十九米，雄伟峻秀，气象恢弘。

世事沧桑，尘世代谢，寿圣古寺亦曾数毁数兴。建寺至唐贞观时寺院渐渐成为雉邑一大名蓝。宋理宗时，朝中宰相章子厚虔信佛法，护持道场，延请吴山净端狮子和尚于此住持寺院，大开法筵，缁素云集，化风盛播。元朝至正元年，寺院佛阁宏伟，法相庄严，被誉为长兴县四大丛林之首。明初寺遭火焚，仅幸存藏经楼；景泰五年，寺庙又被洪水吞噬，千斤大钟被急流淤埋，寂然于泥沙之下。清顺治八年，寂莹上人（字圆如）驻锡于此，徒手结构，不募一人，而精蓝严洁，祖席重恢；嘉庆四年僧朗月重建斋堂、客堂。清同治十年，当地士绅郊游顾渚，路过寺院遗址，蓦然听见脚下有钟鸣于耳，甚感奇异，立即发愿：『地下有神钟，可再连鸣三声，余为之重修庙宇佛塑金身』。语音刚落，大地再传三声钟鸣。于是，众等士绅重修寺院。此时，寿圣寺拥有七堂伽蓝，巍楼高阁、宏伟庄严，僧众云集、佛事昌盛，寿圣寺重返长兴四大丛林之首。直至『文革』后期，寺庙被改为学校及乡属林场。一九九五年寿圣古寺重新开放，圆成大和尚住持寺务，二〇〇八年界隆法师荣升古寺方丈，界隆大和尚至力修持，以菩萨愿力，担当如来家业，至此寿圣古寺翻开新的一页。

禅茶相伴，吉祥十方，是千年古寺悠长的佛缘之路。茶圣陆羽于此寻访名茶，并撰写了第一部茶史专著——《茶经》；诗僧皎然大师在此谈诗联句、品茗论禅。至清代中叶，顾渚山已形成『茶禅一体』的格局。清山东巡抚、邑人钱钰诗《重兴寿圣禅寺碑记》载：『朝来爽气，西烹顾渚之茶；夕映清晖，东啸吴陵之月。』古寺昔日之典雅可见一斑。时逢盛世，寿圣寺秉承顾渚禅茶遗韵，修习以禅悟心，以茶养心；以禅启性，以茶助道。通过研究禅茶之道，欣赏艺术之雅，让禅的智慧，茶的香洁，净化人生，祥和社会。二〇一三年因成功举办第八届世界禅茶文化交流大会，寿圣寺被中国国际茶文化研究会授为『俱会一处——世界禅茶文化交流圣地』。

慈善长兴，爱心天下。寿圣寺『圆成功德会慈善基金』是佛子慈善情怀与爱心奉献相融合的一个窗口。功德会遵循先方丈圆成长老的教诲，以『恭敬心、慈悲心、忍辱心、菩提心』，开展慈善工作：『法华圆成·助学』行动、『吉祥人生快乐学佛』公益夏令营、组建『法华妙音』图书馆、各种爱心助灾捐款与扶贫济苦救难等活动，为社会公益事业、构建和谐长兴奉献佛子慈悲喜舍济世精神。二〇一四年，界隆大和尚因有效组织圆成功德会慈善基金的慈善活动，当选为湖州市首届慈善大使。

现在，长兴寿圣寺是浙江省重点开放寺院，首届全国创建和谐寺观教堂先进集体，浙江省慈善先进单位，也是湖州市域内唯一四星级佛教活动场所。寺院殿宇庄严，梵音连霄，绿荫琉璃，道场以正清和雅示现人间净土，接迎十方有缘人。

典籍诗话

知县鲍鈖寿圣寺月夜二首

春来几佳夕，明月到僧庐。
已罢鱼山梵，闲抛贝叶书。
照空千嶂夕，流影万林虚。
坐久离言说，心清胜独居。

稍稍忘幽闲，澄怀此不孤
何尝识狮子，底用问狸奴。
世味刀头蜜，禅心衣上珠。
明朝石头路，端藉瘦筇扶。

又寿圣寺吊越山道人（曾主弁山龙华寺）

龙华会上阐宗风，几载庐山别远公。
法席又开狮子窟，刹竿未倒象王宫。
花开五叶三衣在，木殒双林只履空。
何日葛洪川畔访，眼前白塔恨难穷。

又寿圣寺诗

青山役民事，回憩此禅堂。
颇悟劳知识，暂时解带凉。
香厨甘茗粥，清籁韵松篁。
尘市从归去，翻嗟来往忙。

寺观寿圣禅寺

清同治长兴县志卷三十二第三十二页

寺观寿圣禅寺：钱珏重兴寿圣禅寺碑记略云寺创自唐贞观时，按明臧懋循《负苞堂集》校刻侠游录自序云：岁壬子，以采茶过寿圣寺，寺创自吴赤乌而重修于元之至正。巨丽甲于吾邑，今独毘庐阁犹岿然于青葱峭蒨间也。晋叔博雅多闻，当必有据。则斐玉之谓创自唐贞观间者，尚未确凿。而吾邑寺观，当以寿圣寺为最古矣。

圓成弘法樓
五觀堂

吉祥寺

长兴吉祥寺位于长兴县水口乡虎头岩下大唐贡茶院内，三面环山，前临太湖。这里修竹苍翠，林木幽深，峰峦叠嶂，氤氲飘渺。秀美的顾渚山，因一枚树叶的传奇，站上了世界茶文化前台；吉祥寺，也因这枚传奇的树叶，奉敕从德清移置顾渚山，在顾渚山修竹薄雾中，伴随这片美丽的树叶，行走千年。

清同治长兴县志记：吉祥教寺在县西北四十五里顾渚山，唐贞元十七年刺史李词表奏自武康县移置此处，置贡茶院。会昌中废。大中八年刺史郑禺奉敕重建。元末又废。明洪武元年重建并广惠寺。今有司采茶俱寓此。湖州备考鼎革时毁，废为虎狼薮窟，国朝顺治间行衲别传夺虎穴而薙灌莽，刱静室三楹，后数年授僧德珗字帆适者居焉。珗能诗古文。康熙十二年知县韩应恒采茶临其地，阅之大加叹赏，邑人朱升为之碑记。（韩志）嘉庆八年僧□□重修。（邢志），同治十三年僧明莲重修。

县志卷三十还记：贡茶院，贞元十七年刺史李词置，以吉祥寺东廊为院修贡，堂在院内，有唐贡茶刺史题名，二十八人刻石堂上。（舆地纪胜）。历代高僧、文人为吉祥寺留下了大量茶诗。宋净端狮子和尚曾题吉祥寺茶山诗：吉祥山水与云连，清韵来闻二十年；知道老僧无热恼，金沙池内不流泉。清朝诗人鲍鈖赋诵：『莲池宗派别，妙法本三乘。薝蔔菩提境，黄头白足僧。茗香澄盋水，旛影静龛灯。借问空生者，源流辨未曾。』吉祥寺的晨钟暮鼓，似乎是为顾渚山禅茶文化史而响。清朝以降，吉祥寺渐次淡出历史记载。

至二〇〇三年，随着长兴大唐贡茶院的兴建，为恢复历史原貌，吉祥寺作为贡茶院的组成部分获得重建，并经湖州市民宗委、县民宗局批准正式开放，礼请时任长兴寿圣寺住持界隆法师兼任住持。

典籍诗话

唐杨衡宿吉祥寺寄庐山隐者

风鸣云外钟，鹤宿千年松。
相思杳不见，月出山重重。

宋净端题吉祥寺茶山

吉祥山水与云连，清韵来闻二十年。
知道老僧无热恼，金沙池内不流泉。

又同苏饶文宿吉祥寺诗

孤峰峻岭翠光寒，山势奔湖去又蟠。
今夜虎头岩下宿，更无归梦出林峦。
与公昔作长城别，一去尘埃六七年。
夜静书堂寻旧约，定将生计话林泉。

元沈贞吉祥寺诗

绝顶高寒紫翠开，幻宫明灭出楼台。
光拖天宇石星落，响压树林山雨来。
说法老龙蟠钵水，听经伏虎卧阶苔。
省郎未悟三生事，四十年前曾寄胎。

国朝鲍鈖秋晚山行过吉祥寺泛舟而归四叠吴韵

一声樵唱云中揭，乱堆螺黛峰头揩。

扶筇蹑屐几超忽，峻阪衺延戒御檿。
霜林渲染画图同，夕阳幻出金芙蓉。
遗穗栖畮欢老农，原隰鳞次如犹龙。
沟塍屈曲连村渡，支分派别淙流赴。
乱山隐带公超雾，楚凫越鳦归飞忤。
问法当茶就野僧，仙陀渺渺随缘登。
人世扰攘增痴蝇，维摩不语神棱棱。
须臾月向东山起，十里溪光剧清美。
四时代谢偶然耳，犹幸身安聊志喜。

又晚浴吉祥寺二首

细路通何岸，停舟入草莱。
犬声篱径曲，灯影竹房开。
背郭无尘到，冲寒少客来。

何须阿耨水，清净自香台。

莲池宗派别，妙法本三乘。
薝蔔菩提境，黄头白足僧。
茗香澄盏水，旛影静龛灯。
借问空生者，源流辨未曾。

茶
常闻獅

天雨曼陀花品茗且讀般若經
洞流功德水煮茶常闻獅子吼

祇园精舍

祇园精舍位于水口乡顾渚村尧市山北麓，环抱于群山翠竹之中。尧市山充满了浓郁的历史文化积淀，历史上建有多座寺庙，包括尧帝庙、舜帝庙、祇园庵等。《长兴县志》记载：尧市山在县西北四十一里，高一百四十丈，周十里，一名石门山。山中有尧市，尧时洪水，居民于此作市，因名。有缆船石，石上多孔，人以为揽船处。山多白石子，山下田，父老号曰『舜田』，俗传舜耕于此，呼为舜哥米。山上有池，广一亩，生野荷。山之右高岩上有『石门庵』，宋时高僧净端居此。有尧庙、舜庙在隔涧金山下。

二〇〇二年顾渚村中的『尧皇庙』因新修大唐贡茶院被拆除，二〇一一年经湖州市民宗委批准，移建尧市山北麓，以『尧帝庙』与『祇园庵』合一，以『祇园精舍』寺名开放，寿圣寺方丈界隆大和尚出任住持。

现祇园精舍整体设计已通过长兴县人民政府规划例会，突出的是佛文化和禅文化深层潜藏的各种寓意，既是一座以水为主题的禅修中心，又是充满浓浓禅意的寺院。整个寺院以木结构为主，外观设计巧妙融合于周围的自然，而室内则运用了独特且大胆的原生态设计手法，即不失传统韵味，又不失现代时尚感。

建设圆满后的祇园精舍将背山面水，以动衬静；回归自然，返璞归真；沉淀清幽，自净其心。

典籍诗话

寺观·祇园庵

清同治长兴县志卷十五第四十七页

祇园庵亦在尧市山下，国朝乾隆二十六年僧见明建。（邢志）同治十二年僧庆莲、宝林重修。

臧吉康祇园庵诗

竹径净如洗，隔林人语幽。
流泉绕屋角，坐室见山头。
茗熟松声乱，人闲花气浮。
何当一借榻，相与度清秋。

山·尧市山

同治长兴县志卷十第八页

尧市山在县西北四十一里，高一百四十丈，周十里。一名石门山，山上有尧市，尧时洪水，居民于此作市因名。有缆船石，石上多孔，人以为揽船处。唐皎然诗『尧市人稀紫笋多』，皮日休诗『来寻尧市山，遂入深深坞』，又云『最是夏初时，茶花满烟雨』。山多白石子，山下田父老号曰舜田，俗传舜耕于此，呼为舜哥米。山上有池，广一亩，生野荷。山之右，高岩上有石门庵，宋时高僧净端居此。有尧庙舜庙在隔涧金山下。（参山墟名舆地纪胜吴兴杂录）（张志）

元杨维桢诗

湖山七十二，西峰郁相缪。
杯饮有尧井，象耕余舜邱。
相传十日出，大浸稽天流。
生民窃生理，托市兹山头。
只今东震水，双雷没如沤。
仁人感地脉，望望终南愁。

又诗

丹房夜宿庚桑洞，古寺重询尧市山。
听猿老树垂云白，饮马清泉锦石斑。
野妇采桑成队出，山童沽酒满瓶还。
顾渚桥头有船买，寻诗直叩碧桃关。

沈贞尧市山诗

欵叚不骄堪代步，行行踏遍尧山路。
雨春散香吹暖花，风昼团阴弄晴树。
尧市祠前古木稠，吉祥寺里青苔流。
白头老僧出迎客，共说前代成古邱。
顾渚山头生紫笋，先春金芽缘云隐。
黄犊开耕田水新，锦鸠唤晴谷雨近。
长城太守监贡新，朱幡皂盖笼阳春。
金盖山头树缈缈，金沙泉底珠粼粼。
江南三月春光好，黄留啼春杜鹃叫。
采茶儿女斑斓衣，招手揶揄使君笑。
押纲使者黄帕鲜，玉膏金屑玻璃泉。
乳花浮碗婕妤手，雀舌泛鼎才人煎。
使君闲暇缘山走，谢公诸妓随前后。

村翁野叟迎使君，手折樱桃劝新酒。
我曾三五少年时，使君携我登尧祠。
酒困风暄面生紫，一日轻费千篇诗。
如今重来惊异世，山木凋零屋庐废。
举眸风景更愁人，对泣新亭周颉泪。
冷风激雨吹人衣，海棠无力胭脂肥。
临歧相别二三子，独自微吟乘夜归。

明茅翁积登尧峰绝顶

马头藤翠出重烟，路绕丹梯谒四禅。
白浪中分峰七十，红尘俯眺界三千。
泉生石窦飞空涧，帆挂湖云缀远天。
此意若将蒙叟会，秋来河泊转茕然。

国朝王豫诗

尧市池中孰溯洄，缆船石已莽蒿莱。
不知历几华严劫，犹有野荷花乱开。
选胜还须縠觫车，石门山色美何如。
茶花开遍深深坞，最好风光是夏初。

丁凝石门二首

仄径向潺湲，穿林屐一两。
涧断见桑田，翳然依叠嶂。
孤村闲无人，野鹊巢相望。
云深人迹稀，松下闻鸟语。
云有素心人，逃禅在幽墅。
钟寒不出林，衡门在何许。

鲍鈖石门山题名略

石门山衺延数十里，层峦沓嶂。中忽两峰竦峙，巉岩厜㕒，宛然双阙，其后若剥，其前若姤。幽泉邃谷，峻壁灵洞，佳木修竹，蓊如緊如缘。左而上有僧庵三楹，粗庇风雨，忆杼山诗尧市人稀紫笋多，或云即此山也。

又行石门米堆二山下诗

石门吾旧历，上与白云齐。
犹说尧时市，偏令禹迹迷。
高高惟鸟道，嗷嗷有猿啼。
咫尺米堆麓，梅花香满蹊。

又游石门山诗

乱嶂互绵直，兹岩独嵚崟。
排空削双壁，缭绕青云梯。
韬树限闻阈，閟泉扼庡廖。
千仞背逡巡，足二分外垂。
直上驾飞鸟，浩荡天风吹。
迢迢盼重湖，远霭相蔽翳。
木末谒孤僧，壑底窥潜螭。
森梢拥台殿，蹇嵯临阶基。
草丰鹿养茸，厓坼猿挂枝。
睨日照平楚，晦明无定姿。
绝顶方息心，修途讵忘疲。
归来踏阁望，苍苍烟翠迷。

魏星杓志剩

石门山，尧市之右岩也。双岩若阙，峰势陡削，磴穿级崇高盘，鸟道山半，危厓峭举，翠屏壁立，一线旁通，仄行逾险，渐觉夷旷，绝顶构精舍数间，藩以竹树，俯视杳绝人烟，枯禅耽寂，根尘俱净矣。舍后方池，水裁尺许，大旱不涸，中多蜥蜴，天将雨辄喷沫作攫拏状。

又游尧市山憩石门精舍诗

晨兴理轻策，驾言适西山。
寻溪出榛莽，绝壁穷跻攀。
磴仄不受趾，恒苦足力悭。
前行藉扶掖，后蹑从者肩。
羡彼采樵人，如猱捷且狷。
巨石谁所凿，云缆尧时船。

图经率荒诞，沧桑理或然。
至今古池中，野荷犹田田。
石门峙其右，梯栈相钩连。
闻昔宋高僧，曾参狮子禅。
老衲夏腊深，六时此闭关。
蔬笋味外味，对客何萧闲。
徘徊日将夕，欲还不能还。
好梦生归枕，应坠苍霭闲。

丁巘庚戌冬过魏斗夫先生尧市山房

数椽茅屋下，大好寄生涯。
偶蜡阮生屐，因过杨子家。
地偏堪种竹，门静不迎车。
领略山园趣，闲评紫笋茶。

周鹏冲诗

峭壁奇峰石径斜，山凹跻足睨飞霞。

翻经坐觉诸天近，云外空香数落花。

寺观·尧帝庙

清同治长兴县志卷卷十二第七页

尧帝庙在（谭志云县西北）尧市山，相传尧时洪水，居民于此作市，后人因以立庙。（顾志）

同治十二年里人重修。

舜庙亦在尧市山下。（顾志）国朝乾隆五十三年重修，同治十二年里人重修。

奠基

祇園精舍（堯王廟）
啟建祈福法會
吉時 長興 水口 顧渚 石門山下
施工單位：浙江長興佳源建設工程有限公司

横玉山寺

长兴城迤逦北行约三十五里，鼎甲桥境，长兴古刹名寺横玉山寺坐落于景色清幽的观音山之阳，其开山历史可追溯至唐代香山精舍住持宪上人。传说宪上人为安置禅僧，在横玉山始创禅院，从此横玉山便梵呗绕峰、福泽十方。宪上人为南山律宗门徒。追宗溯源，长城人士道宣律师，开创了佛教南山律宗，收徒千名。弟子弘景再收鉴真、宪上人。宪上人虽为名僧，愧不及东渡日本的师兄鉴真，终身不许门徒提及姓名，自诩无名僧人。长兴籍『大历十才子』之一钱起，为苕溪畔的宪上人留下《同李五夕次香山精舍访宪上人》诗一首：『彼岸闻山钟，仙舟过茗水。松门入幽映，石径趋迤逦。初月开草堂，远公方觏止。忘言在闲夜，凝念得微理。泠泠功德池，相与涤心耳。』由此可见香山精舍的一斑。

至元代横玉山便有观音庵的记载。长兴县志记：观音庵在县西北三十里横玉山，旧传山形类石鼠，窃食于田，元大德间皋塘巡检司杜朴立祠其上，岁修祀事，遂大熟，山下有泉，一泓浮碧，汲以煮茶，甘而洌，俗名光竹潭，亦金沙之脉也。

观音庵如一滴菩萨甘露之水，润泽了横玉山四边众生。元代沈贞书《横玉山神庙记》，为之佐证：『然一乡六都之田，较之邻壤得稔而充其敛积者盖眇。有善地理者曰：「彼乡横山形类石鼠，是其窃食于畎。」』『前元大德间东平杜朴巡逻于皋塘，因民情欲立祠于上，妥神而镇禳之。』立祠以后，随即『人叹神宁，岁屡大熟，官无负租，民有余粟，四节游赏，为一方壮观』。而后寺院『自兵戈抢攘，祠宇悉废，颓基破础，鞠为榛荆』，祠不兴而事不安，横玉山地域就『不克有秋，村落凋悴，贡赋甫缺，乡民仓皇思复神祠之旧』。沈贞记：『有慕义人顾福慧裒群材、鸠众工，经始于洪武戊午，而落成于明年已未。为宇十楹，两翼既勤朴斫，且涂丹雘，覆瓦鳞鳞，堵壁辉辉。敞东轩，涵太湖之波澜，启南扉，挹弁峰之苍翠』。从此，此地年年丰收。山以神名，百姓遂呼此山为观音山。明嘉靖五年，著名元曲编选大师臧懋循的族人臧如樟，斥资重修观音院。清顺治年间再建横玉山寺，同治八年（一八六九）住持释智方重建，并驻锡修禅论道，弘化众生。

与中国大多数寺院一样，横玉山寺历遭兵乱焚毁，千年古迹遂付劫灰，唯留一莲池宝石，寺内一古井，水体清澈。寺庙前方一马平川，东北有群山环抱，谓之『青龙』，东南方地势坦荡，谓之『白虎』。民间有『宁可青龙高一丈，白虎不可高一寸』的说法，曾有云游僧至此，留下『风水此地最盛』一句。

时至二〇〇〇年金秋，横玉山寺经政府批准开放，昌明法师担当中兴重任。十五年斗转星移，历尽艰辛，修缮山顶原有大殿，天王殿，寮房等；从二〇〇二年开始，寺院建设中心移至山下，重建了天王殿、放生池、地藏殿、阿弥陀殿、、三圣宝殿、玉佛殿、净修堂、五观堂、万佛楼、五佛殿等，从前至后，依自然地势渐次升高，建筑风格清幽古朴，充分体现了我国古典建筑的特色。

二〇一〇年昌明法师应众信大愿，在古庙遗址上规划重建古观音道场，依中国传统寺院布局形式，中心轴线，纵深布局，左右对称。九品莲花宝塔置于殿后，道场前低后高，步步登高步步为莲，直至九品。功德圆满之后，横玉山寺将是长兴『帝乡佛国』北部的重要寺院，福慧重建之义荫庇众生，昭感群灵。

现在横玉山寺是和谐寺观教堂创建活动湖州市先进单位。

典籍诗话

寺观·观音庵

清同治长兴县志卷十五第六十四页

观音庵在县北横玉山，旧传山形类石鼠窃食于田，元大德间皋塘巡检杜朴立祠其上，岁修祀事遂大熟。（顾志）

山下有泉一泓浮碧，汲以煮茶甘而洌，俗名光竹潭，亦金沙之脉也。（张志）

同治八年僧智云重修。

山·横玉山

清同治长兴县志卷十第七页

横玉山在县西北三十五里，高一百九丈，周三里。望之苍碧如玉，上有神庙，今为观音祠。（张志）

沈贞同萧善长游横玉山次韵

春兴浓时春酒醒，杨花飞雪满春城。
长街买胜少年事，瘦马独吟游子情。
客有可人同此地，地无灵迹且闲行。
题诗自是牵愁事，莫为搜枯太瘦生

又横玉山诗

横玉山高十二层，高高上与青天平。

愿携仙人九节杖，拄到古老雨迹坑。
洞龙挟雨树头响，山鸟呼风坞脚鸣。
须臾大震空谷应，疑是孙登长啸声。

邱吉题横玉山诗

太湖西畔翠微中，尚有精蓝住半空。
松子落时朝有露，竹声吹处夜无风。
少陵自昔推齐已，陶令于今识远公。
相见喜参禅一指，天花吹落赤栏东。

许德润题横玉山诗

凿开横玉住浮屠，门俯平湖一席铺。
顾渚万山烟外碧，弁峰一点望中孤。
勾吴古戍名犹在，范蠡扁舟迹已无。

布袜青鞋忘世久，林间猿鹤莫惊呼。

庄昶登横玉山呈臧黄门昆季诗

古今谁此问蓬莱，天下名山得浪猜。
放眼百千万顷在，倚筇七十二峰来。
酒杯何处还堪舞，书卷平生笑枉闻。
安得太湖真老我，他年容作钓鱼台。

玉佛殿

后记

二〇二一年三月，在黄祁往生三周年之际，长兴县佛教协会、长兴县佛教文化研究会在寿圣寺为她举行了追思会。会上黄祁的恩师、好友、同道莲友都满怀思念与感激，深情回忆她生前的音容笑貌，诉说她绵延至今的精神芳泽。当天下午，我们就成立了《素心集》编委会，在佛协会长界隆大和尚的主导下正式启动了本书的整理与编辑工作。

本书分成上下两册，即按黄祁的心路历程分为两部分：『刹那间』与『归心处』。黄祁是一位创作丰富的散文作家，留下了许多引人遐思的专栏随笔和哲思妙语，我们精心选择了其中的二十八篇优秀文章集结成册，写作时间大多在二〇〇二至二〇一三年间。在担任长兴县佛教协会和佛教文化研究会秘书长后，黄祁又撰写了大量既古朴典雅又明白晓畅的寺院推介文字。长兴现有开放寺院二十八家，本书也相应有二十八篇寺院内容，其中大部分为黄祁亲笔所写，也有小部分没来得及完成，由当时佛协公众号的编辑黎子做了补充，黄祁的同事耿平、李玉富也协助完成了典籍诗话的章节。两册和合，《素心集》共计五十六篇，正合黄祁五十六年的人生岁月。

七月，在长兴县佛教文化研究会即将换届之际，这本凝结着佛教界深厚情义的《素心集》终于因缘具足，呱呱坠地。除了展现黄祁高妙细腻的散文艺术外，本书还系统介绍了长兴各寺院的历史风貌和优美风光，为长兴建立了一部较为完整的当代寺院档案。

在本书编辑出版过程中，我们得到了长兴县委统战部、长兴县民族宗教事务局、长兴县作家协会、长兴县图书馆以及寿圣寺圆成功德会的大力支持。黄祁的家人徐骍提供了大量文稿，虞争鸣负责了部分校对工作。原县政协副主席、著名作家张加强为本书作序。摄影家黎子贡献了书中绝大多数的照片。在此，我们对所有为本书提供资料、照片及提出意见和给予帮助的单位及个人，致以衷心的感谢！并郑重奉上四句偈作为答礼：

有情有义，知恩报恩，善始善终，无怨无悔。

书中难免语误、疏漏，敬祈广大专家和读者不吝指正。

阿弥陀佛！

长兴县佛教协会

长兴县佛教文化研究会

《素心集》编委会

二〇二一年七月

本册摄影　黎子